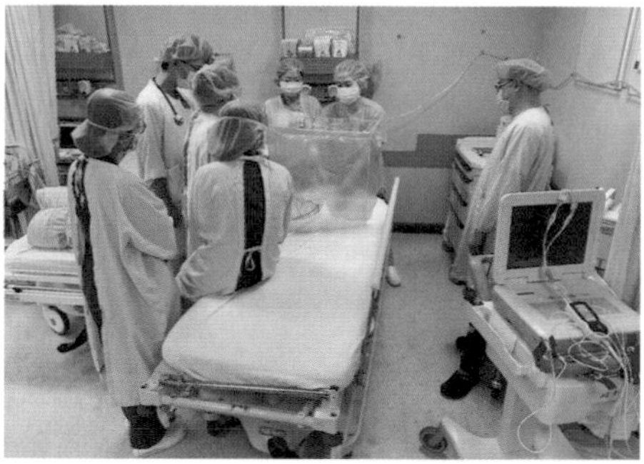

這本書，獻給第一線的夥伴、
獻給身處大疫年代的所有人。

2021年，COVID-19席捲全世界後一年，臺灣迎來了本土病例。很快地，在升溫的疫情中，我們切斷的不只人與人的連結，還有對所在之處的關愛。原先熱鬧、眾聲喧譁之處，如今如此空蕩、寂寥。病毒什麼時候走呢？沒人能回答。
（圖片來源：聯合報系／潘俊宏。）

症狀不明顯
無高風險因素
加強版防疫旅館
（集中檢疫所）
發病>10天
PCR再次採
CT≧30
7
止
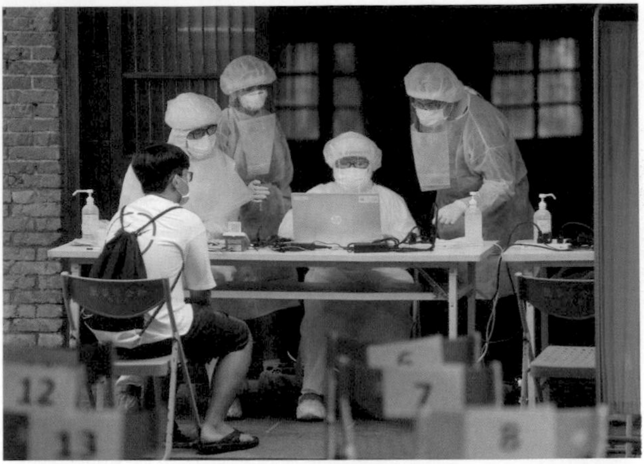
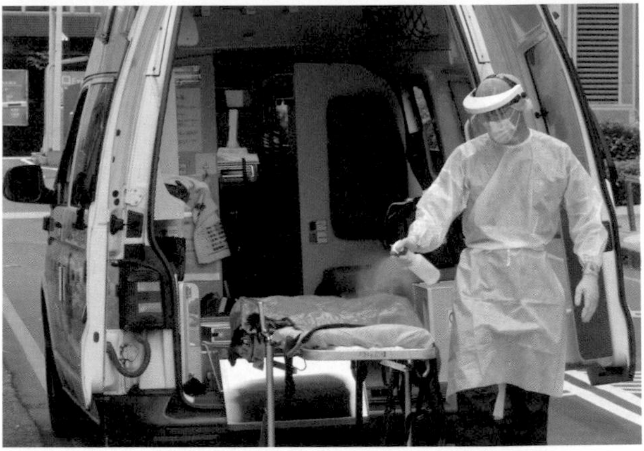
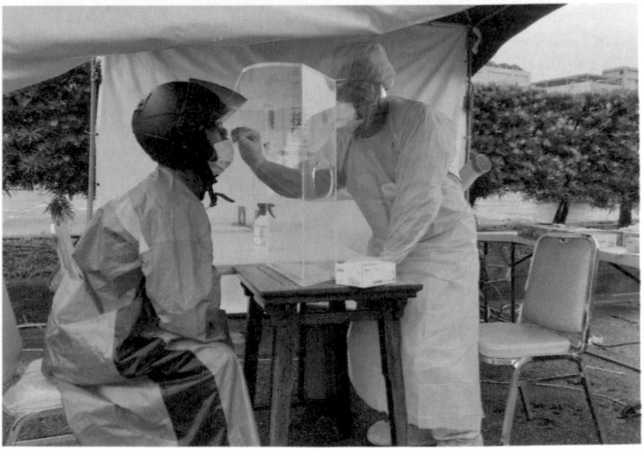

很快的，白日氣溫來到35度。穿著俗稱「兔寶寶裝」的防護服，醫護人員忍著高溫、汗水、過載的病例與篩檢，堅守崗位。我們在打一場史無前例、死傷人數可能最多的大戰。而每一個身處戰場的人都想問：這一切，什麼時候才能停下來？
(圖片來源：右下、首頁，張志華主任；右上、中、左頁，聯合報系／余承翰、蘇健忠、潘俊宏。)

事項
檢體】。
鼻子】下方
露出。
透消毒
約 10 分鐘

群聚感染接續爆發，下午兩點一到，所有人的心都懸在指揮中心的記者會上。接下來該如何是好？有何應變？醫療量能呢？全世界的人好像都消失不見了，只剩電視上的人，和急診戶外看診區、急設的篩檢站前，排隊的人串起的一道道長河。他們流向的命運彼端，生與死不過一線之隔。
（圖片來源：左上、下，張志華主任；右，聯合報系／邱德祥。）

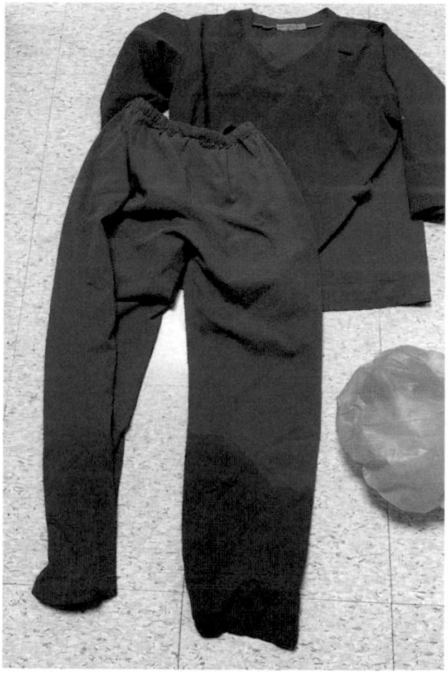

一個人的力量很小，一個人的故事微不足道，但當它們凝聚起來，卻能成為支撐世界的強大力量。

（圖片來源：上，聯合報系／林俊良；下左，張志華主任：下右，蔡佩秀護理師。）

這裡沒有英雄

急診室醫師的 COVID-19 一線戰記

Emergency Doctors' Frontline Battles against COVID-19

胖鳥 著

THERE ARE NO
HEROES
HERE

目次

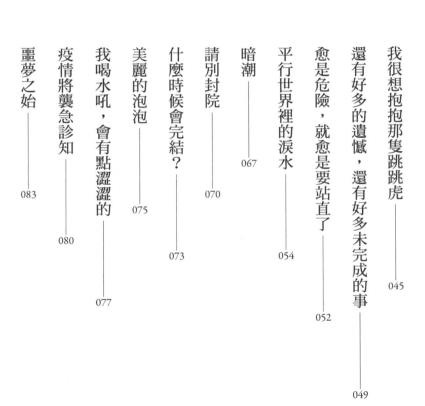

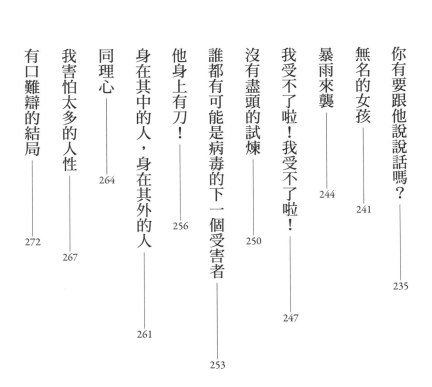

前言

感謝翻開這本書的你。

考量到你可能從未認識過我，而這本書前折口的個人簡介也寫得半吞半吐，因此在這裡先做個自我介紹。（也就是幫自己偷偷拉個好感度的時機。也可能反效果。不過，這就是最真實的我。）

我的父親與親姊都是醫師，我也是。

與他們不同，我並不是兢兢業業、朝五晚九、傳統風骨的醫師類型。我的思想如脫韁野馬，不按牌理出牌，並且多少對體制與監督有些漠不關心。

因此，當我從座落臺北的某間醫學大學（在此匿名，以免危害校譽），以吊車尾的名次與剛剛好達標的出席率過關之後，老爸與老姊都鬆了口氣，不再揮動欲把我趕出宗祠的掃把。

但別擔心，如果你我真的有緣在醫院相見，請記得，我當年是連續以「best intern」（最佳實習醫師）與「best PGY」（最佳一般科醫師）身分，從實習期結業的。

怎麼達成的呢？

全靠我莽撞的運氣，以及一批對我非常嚴格的老師。

這些人，堪稱術德兼備。

你在醫學會議、論文以及新聞上，可能已經看過好多次這些醫界骨幹。他們也會多次出現在這本書裡。

結束實習，就來到醫師重要的命運交叉道——選科的時候。

還是醫學生的時候，我曾經在小組討論課上，遇見一位時為急診科主任的馬漢平醫師。當時我對他描述的急診對病人的宏觀全局、急診科醫師的衝鋒陷陣心生嚮往，夢想的種子也就此於心中萌發。遇見馬老師時，我才大三，從那時起直到選科，歷經整整六年，而我始終沒有遺忘走急診的夢想。我只怕自己不夠格，不足以在一線血鬥死神。

後來，不知道哪個好前輩半哄半騙地跟我說：「唉呀來急診啦，急診都不需要念書啊！」

結果，我進急診的第一天，就在師父一陣狗血淋頭的痛罵中，明白了那個不具名的前輩，肯定只是想把我騙進急診室打工。

＊＊＊

急診是個瘋狂、充滿變數、永遠在嘗試新鮮玩意兒的行業。

考驗生理時鐘，考驗臨機應變，考驗智商與情商。

而且，急診常是團體作戰模式；這對非常不擅長經營人際關係的我，造成了相當大的壓力。

頭兩年，我時常想當逃兵，卻無法抗拒急診的吸引力。例如：每道血流如注的傷口被縫起來的時候；每個謎案被迅速破解的時候；看到中毒病人因為選對解藥瞬間好起來的時候；學到一項新奇技藝的時候。

雖然常常脫去白袍準備回家時，我都覺得自己是個失敗者。但是，還是有那麼一些些、很少很少的瞬間，我會感覺自己的存在，好像讓世界，好了這麼一點點。

於是，我就好像還能再撐個一兩天。

如果世界照常，我想我會在風平浪靜中，慢慢的、調適好自己，一直走到結業，一直到成為一個稱職的主治醫師。

然而，就在我的訓練堪堪走到一半時，瘟疫爆發了。

＊＊＊

容我在這裡敲破第四面牆，[1]直接與各位對話。

您也許是我在同科與不同科的醫護前輩。您可能會讀到我的惶恐、稚嫩與莽

1 劇場舞臺的實景只有三面牆，第四面牆（fourth wall）指的是舞臺面對觀眾的方向，是無形的一堵「牆」。一般觀眾僅看著戲劇在眼前上演，演員所在的舞臺是虛幻的世界，觀眾所在的是真實世界，兩者不會對話、互動，「打破第四面牆」指的是演員直接向看戲的觀眾說話、打破現實與虛幻界線的表現方法。

撞。且讓我向您保證，我是以最謙卑的姿態，一邊讓自己成長，一邊竭盡全力，讓我、團隊與病人，不要倒下去。

你也許是與我並肩的戰友，是每天一張開眼，就跟新冠肺炎短兵相接的醫護人員。且讓我對你們說一句感謝，讓我知道自己無論在哪個時刻，都不孤單。

你也許是我的後輩，剛剛踏入醫學界。作為一個真的沒什麼長才的學姊，我只能告訴你：投資有風險，選科須謹慎。

另外的你，也許不在以上的這些人之中，但你可能每天為疫情付出大量心力。高層指揮官、研發疫苗的生研人員、製作口罩的國家隊、接送患者的防疫駕駛、衝在一線前面的警消急救人員，還有行政、傳送、清潔人員、防疫旅館的員工、送大體走最後一程的殯葬業者，以及因我孤陋寡聞不及備載的辛苦人們。請接受我對你們深深地鞠躬；謝謝你們國難當前，願意堅守崗位。

還有你，也許是位已經康復或正在受苦的新冠患者。如果你一切都按照政策，維持社交距離、戴好口罩、不出入公眾場所，那麼，這不是你們的錯，也無須感到污名化與羞恥。祝你平安健康，人生順遂。

以及你，也許是悲慟逾恆的病患親屬；你的損失，無可度量。我相信，世界不會這麼殘忍，他們一定到了一個無病無痛的地方。

最後的你，也許是位每天收看新聞，被迫WFH，[2]甚至失去工作，焦急等待恢復正常生活的人。請不要聽信偏方，請再為臺灣堅持一會兒。雖然我是個小螺絲釘，沒辦法保證你一切都將過去，但這是一場戰爭；在結局來臨之前，不要輕易倒下。我們要為我們所愛的島嶼，戰到最後一兵一卒，不要輕易放棄希望。

＊＊＊

這本書裡的故事，為了顧全隱私、不去揭人傷疤，時序、性別與年齡，皆做了

2 WFH：Work From Home，居家工作。

改動。出場的角色們，也會以代號處理，但容我保證，這些故事就在你我身邊，真實上演。

之所以寫下這本書，是因為想在歷史洪流之中，記錄下這宛若浩劫的日子。

唯有被人遺忘，才是真正的失去希望。

我不想忘記犧牲的人、流下的血、擦不完的汗，與也許一輩子都止不住的淚，也想告訴大家，當你們喊著「醫護加油」的時候，我們相應做出了哪些努力。

***

最後，我有非常多要感謝的人。

尤其是黃主編。安慰我的護理師。保護我的前後輩。

此外，也要特別感謝我的家人、陳穎玲醫師、陳昱潔醫師，與洪世文醫師。沒有你們，我的生命真的走不到這裡。

致上深深的尊敬與愛。

序章

進入急診室

我考取急診的那年，急診是畢業生的熱門專科。之一。進去的第一年，女神學姊就語重心長的跟我說：「來找妳的病人，都在經歷他們最糟糕的一天。四方妖魔鬼怪均來，深淵凝視著妳，好自為之。」

我當時心中哈哈一笑，想著反正兵來將擋，水來土堰，最不濟還有主治醫師當墊背；沒想到，在我短暫的住院醫師生涯中，居然就給我碰到了——百年難得一見的世紀瘟疫COVID-19。

廝殺起來，屍橫遍野，無處可擋，措手不及。

不能倒，也不許倒

這本書的視角，來自一個無名小卒。

不，也許連無名小卒都算不上。

我只是躲在後面瑟瑟發抖的無能小兵。

讓我深深體悟到這一點的時刻，是某個深夜，我誤入了各院急診主任與主事者的視訊群組。

我抱著被子，聽著各路七嘴八舌卻又井然有序的辯論、思考、苦想對策。我這才發現，原來我每天能在昏迷、摸魚與社會性死亡的邊緣中打卡上下班，是經過了這麼多人的眾志成城，這麼多人張開的保護網與精密策畫。

當天視訊一開頭，主席說了一段話，大約翻譯如下：

鬥陣俱樂部第一條規矩是：你不能談及鬥陣俱樂部。

所以，過程我不能詳述，怕被大老們社會性消失；但忍不住還是想分享那句印象最深的話。

說話者，出自被第一波衝擊到的醫院，頭髮半白的紳士冷靜地說：「我們倒了的話，病人就該分出去了。」

接著，有人單刀直入地說：「那你們倒了嗎？」

這句話是多麼的心酸。

紳士無奈又溫和地笑了笑。

看著每個螢幕後面的青壯派與老前輩們都是一夜白頭、滿臉皺紋，實在是感慨萬千。

這群大山，背負著國難當前，駐守一線的使命。

不能倒，也不許倒。

他們多久沒有看到家人了？

是不敢回家，怕傳染給最親愛的人；還是根本大禹治水，三過家門都被手機召回醫院？

這本書寫的是我的故事，也是對他們的無限致敬。

我是一個無用之人

是的，我是一個無用之人、小螺絲釘，最後還可能倒臥在病毒的無孔不入之中。

到最後也許只會成為一個數字，一段無人記得的回憶。

我愛哭，怕事，懦弱。

我只想用一個底層醫師的平凡視角，記錄下這段狂風暴雨中，一小段又一小段，專屬於臺灣醫護，以及那些與我有緣、擦身而過的病人們的，那些吉光片羽。

來吧，朋友們，開始之前，先來一壺酒。

一杯敬醫護醫檢放射師呼吸治療師帶著血與淚的汗水；一杯敬盡力斡旋想從強

權角落取得疫苗的政客；一杯敬逝去的風華正茂、壯志未酬的靈魂，一杯敬眼淚成河的逝者親友。

風雨欲來

我好多次，想回到那個時候。

春暖花開的二〇二〇年一月份。花開遍地，張燈結彩。

剛過完聖誕還沒取下的燈與樹，旁邊已經站上了笑咪咪的充氣財神爺。

在這樣的明媚春光之下，飄散著細碎的耳語。

開始不過是網路上的傳言：武漢封城啦，好像有類似SARS的病毒擴散。

對岸的官方新聞一開始說是有小組造謠，一下說不會人傳人，一下說疫情已經在華南市場被控制住了。

似是而非，無所適從。

但也許是SARS留給臺灣的陰影太大，負責一線科與感染科的主任們很快忍不住了，迅捷地支起了帳棚——字面意義上的帳棚。採檢的帳棚，防風擋雨的帳棚，每天回家經過時都覺得長得不太一樣，紅紅白白，甚是有趣。

但有趣的日子沒持續太久。

臺灣第一例歸國確診，如同一聲槍響。疾管署、醫院、藥商、工務課……全線開始起跑。記者會一場接一場開，每天不同的政策一翻再翻。吾等小民，看著世界悄然變色；尚不知將會付出多大代價。

一開始，醫院只是撤掉了一些病床，將原是病人休息的空間改為更衣的乾淨區，需要門禁卡才能出入；也挺好的，不用走這麼遠，入診間拉個圍簾就能換衣服。

後來，從停車場出了西側門，發現美食街的桌椅被拉開距離，桌面上架起了酒精。沒影響太多，我也不太有空下去吃飯。

之後，醫護人員每天被逼著練習如何著高層級隔離衣，如同軍人們操練如何以最快速度裝備武器、準備出擊。不止不停地突擊考試，還得錄影上傳給大家欣賞；被揪出來的我，於是一邊反覆練習穿脫，一邊被護理師嫌棄我以後一定不要跟妳這髒胖鳥一起上班啦！

即便如此，好像也還好，我又多學了一項技術。

一開始的小小改變，如同細水無聲，卻已讓一線的人們知道周遭已暗流叢生、漩渦四起。

最先讓我發現這個小病毒嚴重性的，是全院發布公文表示：不能用噴霧式治療，[3]以免造成病毒氣膠的擴散。於是我看著咻咻亂喘的支氣管炎孩子，跟著媽媽一起心疼，只能輕聲地安撫，期待打入的類固醇快點發揮效果。孩子的母親一邊流著眼淚，一邊用昂貴的輔助呼吸設備，嘗試讓愈來愈躁動的孩子配合呼吸。

後來有段時間，正壓呼吸器被證明也會造成污染氣膠傳播；在沒有百分之百的把握之下，不再是一個讓不明肺部感染病人使用的選擇。那陣子，每次在醫院打電話跟樓下要正壓呼吸器，呼吸治療師都遲疑著問：「妳確定？」

答曰「確定」，不再是單純的醫療考量，而背上了維護團隊安全的責任。

在民間，口罩不再是每家超商都能買到的物資；國家口罩隊應聲而起，卻仍然讓不在醫護行業的人們，開始發現狀況有點不對勁。

以上這些事情，幾乎是同時發生。

到了這個階段，早已脫離熱身起跑期；急診的政策與全院的動態，已經像是失速列車。

不需要多久，醫院便鳴笛決定：我們決戰戶外。

這一鳴，最苦了的是美麗的天使護理師。

那一刻，我終於知道他們為什麼叫天使。

鑼鼓喧天的一月分，冷徹骨髓，孤獨的帳棚裡，天寒地凍。檢傷護理師們連量體溫的食指都僵了，幾乎要按不下鈕——你還不能隨便加外套，因為會染污。申請了好幾天，才終於得到一個電暖爐。

他們其實很難知道，走到他們面前的下一個病人，是不是會說實話？會不會隱瞞自己曾有稍微的流鼻涕，只因為他們覺得這不會影響醫生判斷？會不會因為被迫要在氣候艱困的戶外等待而對他們破口大罵？

有能力擔任檢傷這個職位的，都是比我資深不知道多少的護理前輩。那時，他

3 蒸汽吸入式的治療方式，以水分子、藥物稀釋呼吸道黏液與分泌物。

們堪稱是一棟醫院中，一線前的一線。

每天，走出醫院大門回家的時候，我總是習慣回頭望去。那一盞小小的燈，一個小小的背影，像是巨大的石像般，守護著進進出出的戰士與傷患。

兩個世代，跨越十七年的烽火

二〇〇三年，SARS風暴襲擊亞洲時，父親明明身在二線科，卻有個虛名管理職；他人也老實，那時說是虛名，連薪水都沒加多少，獎勵金一直到風暴結束好久才下來，但還是乖乖地守在了一線，幫忙篩檢、看診、分派資源。

他說，人家都當他是個小小的官了；他不做，如何起到帶頭的作用？

我還記得，那年風暴結束後，他拿了塊獎牌。

家裡有面總是貼滿獎狀的牆，我卻從來沒看過那個應當是榮譽的東西。

那時我還太年幼。

對當時的我來說，這種殺人於無形的微生物，造成的麻煩不過是聯絡簿要求填體溫，老師扯著公鴨嗓叫我們每天都要洗手再洗手。

不記得恐慌，不記得眼淚。

卻獨獨記得了父親暴瘦了十多公斤，憔悴疲憊的面容。還有媽媽在廁所裡低聲啜泣，出來時卻又擠出笑容，安慰我們說爸很快可以準時回家吃飯了。

十七年，就這麼彈指而逝。

我不知道這麼多年過後，再次有疫情來襲，而兩個女兒都站在了一線戰場，爸和媽是什麼樣的感受。

我將感情深埋在心中。

很快的，我們各自忙碌，難得相聚，我也來不及提醫院的事。

我以為他們不知道。

直到那天早上，我準備好要出門，上班快遲到的父親忽然從廚房說了句：「我送妳去醫院吧。別坐公車。」

「不用啦。」我背對著他，沒敢抬頭。

他沒理我，專制地抓起車鑰匙，我也只能乖乖跟他走。

要下車時，他再度開口：「我晚上來接妳。」

「就說了不用啦。又不是小孩子了！」我生硬地回話，幾乎是逃亡般的下了車。

我努力將背挺得直直的，卻依然感覺這樣渺小。

沒敢回頭。

卻能感覺到，那臺車，在身後停了很久，很久。

不一樣的春節

小小的恐懼在人心生根發芽，卻還沒有到長成參天大樹的地步。

病人一批一批來，時間一天一天過，很快就到了一年全家團圓的春節；若論來診人數與複雜程度，春節連假可謂是急診全年最繁忙時刻的前三名；每年抽籤都是幾家歡樂幾家愁。

有人想回家裡吃年夜飯，就必須面對年後憋了很久、硬生生把自己憋成重病的病人潮；有人抽中年後班，卻必須面對家裡美嬌妻的壓力質詢：是不是每年都不願意陪我回娘家去？

但對一線戰士來說，今年這些假期的安排，不再是任何人的關注點。

那些滿天的紅可不是慶祝的色彩，而代表著近身血戰。

面對一波又一波「我爸整年沒檢查了，我想趁春節陪他來急診全套健檢」的一日孝子，我露出了充滿服務精神、視病猶親、值得拿項奧斯卡的職業假笑。

還沒來得及拿起聽診器，圓圓胖胖的老菸槍阿伯對著我的臉來了長達十秒鐘的大聲咳嗽，並且露出滿是歉意的微笑：「小姐，有沒有吐痰的紙？」

於是，從年節班第一天隨便戴個N95口罩就覺得自己宇宙無敵、百毒不侵，到上班最後一天，我變得恨不得自背氧氣瓶，獨自潛在孤寂的海裡。

「不然這樣好了。」在第七百八十五本主訴「咳嗽、發燒、流鼻水」的病歷前面，我暴躁的說：

「在門口貼個春聯。左聯『發燒就發燒』，右聯『請個假就好』，橫批『此有確診肺炎』，這樣客戶量瞬間就能少一半。大家關門！放狗！」

面對不定時暴走的學弟妹，學長姊早已司空見慣，永遠以同一招回應：「別感情用事，給我去外頭冷靜一下。」

於是我一頭鑽進了重症留院觀察區。

錯過了鞭炮聲，我聽著觀察區病人有節奏的去顫器響音，送走了舊年。

我想像著新年自己將升官、脫單、發財。我這麼努力付出（雖然其實回想起來也還好），瑞鼠運財，總該給我個好年了吧？

「學妹妳在忙什麼！發呆啊？」一聲如雷暴喝，驚醒了流著口水想像我躺在演員伊卓瑞斯．艾巴（Idris Elba）懷抱裡的白日夢。

抬頭，來人是名模學姊；眼睛如一汪碧泉，公認本院顏值擔當。我一直覺得她要是能去拍代言廣告，賺的肯定比現在的薪水高；可惜人家走的是硬路線：技術、知識、應變能力，跟她的顏值完全成正比。

「呃……沒忙什麼。」我心虛的小聲說。

「那給我過來！」

唉呀死定了。

別說脫魯脫單脫貧，我看我等一下就要脫衣服，跪在外面雪地裡負荊請罪了。

低頭跟著學姊走入小辦公室，聞到了一陣濃郁的甜香。原來，學長姊們在團圓夜偷偷開起了小灶。

學姊親手拿起一片現烤的起司麵包，往上面滿滿地抹了濃郁香醇的特製醬，遞給我。

「欸，限量的，趁熱吃！」聲音還是狠狠的，裡頭卻包含著濃濃的溫柔。

外面可能只有八度還下雨，我的心卻滿漲得快要融化了。

天要塌了

有人記得《四眼天雞》（Chicken Little）的故事嗎？有隻小雞四處大喊著「天要塌啦，天要塌啦」，卻被人當作笑柄，無人相信外星人要侵略地球。

在境外移入數字剛剛開始有上升苗頭的時候，別科我不知道，急診科可說是四眼天雞的養殖場。

一馬當先的是我最尊敬的主治醫師之一——科中住院醫師，小輩們都尊稱他一聲師父，法號上鳳下梨；只要跟他一起上班，每秒都有新鮮事情發生：墜樓還沒處理完，小兒創傷又推了進來，卻又總能逢凶化吉。再凶險之事，到他這就能畫張符咒順手化解還能被寫成教案，堪稱本院傳奇與業績之王。

仔細觀察了幾日，鳳梨師父為了家中兩個愛女囤積了大量不易腐壞的食物，雷射燈、酒精噴泉一應俱全；每天上班的全套行頭，有的裝備我連名字都叫不出來，而他三點不露比帝國風暴兵包得還緊。

科裡則今天團購P100防毒面具，明天團購防刮防起霧面鏡，鳳梨師父、主任與其他資深醫師還掛名研發了各種採檢亭、插管蓋、插管面罩；這些東西我還得被人教三遍才會使用，可見智商之差距。

科內的風氣已是如臨大敵，然後是一遍一遍的訓練。要訓練到你不假思索就能直覺操作；師父這樣說。

像是軍事化訓練，我對著咧著嘴的插管假人，練得手都因為過度用力而不自主顫抖了，在師父眼裡，卻還是日日不過關。

「胖鳥妳插完管手要上去蓋著口鼻不要讓他aerosol（氣膠）噴起來！」

「胖鳥妳要close suction（密閉式抽痰）啊，哪有像妳這樣把飛沫噴得到處都是！」

「我的媽啊胖鳥，妳這智商怎麼考進醫學院的！」

我咬牙切齒地一邊練習，一邊在心中喃喃自語：天到底要塌了沒？塌了我希望先壓到您！

妥妥的欺師滅祖。必有報應。

吹哨人死在了路上

時序踏入二〇二〇年二月末。
天還沒塌，進來的都是國外病例，媽祖顯靈請大家不要繞境。
正當好消息接二連三，打開手機時，我看見了一條醒目的消息。

偉大的吹哨人之一，李文亮，走了。

我不認識他；我只認得他網路上廣為流傳的照片：彎彎含笑的眼睛，N95還戴在了口罩的外面。
但我的心還是好疼啊。

憑什麼要他死？
他甚至不是重症科，只是位眼科醫師，而且只有三十多歲啊！

那天晚上，對岸有人約好為他鳴笛。
我無笛可鳴，只是象徵著倒了兩杯威士忌，然後輕輕敲了兩下杯緣。

謝謝你，嘗試著要保護我們。
現在，讓我繼承你的精神，盡我的綿薄之力，接手來保護其他人。

我很想抱抱那隻跳跳虎

醫院是龐大的機器，要動起來實屬不易。

即使我們再拚命，過完年了，所有的戰鬥裝備還是只能稱得上一聲：初成氣候。

動線仍然混雜，設施仍然簡陋，政策百廢待興。

一個下大雨的晚上，半夜發燒的孩子被緊張的爸爸像是捧著掌上明珠一樣護在懷裡，跳下計程車來看病。

因為當時急診戶外看診區的動線設計還沒有這麼良好，一下起雨，只有一個位置是乾燥的。孩子坐在那個位置上瑟瑟發抖，緊緊抓著手上的跳跳虎娃娃，好像這樣就能獲得全世界的力量。

所幸，被我翻來覆去檢查過後，看起來只是個小感冒。

看完診後，因為有症狀的病人不能進急診，我讓這孩子的爸爸去結帳，自己則坐在她旁邊陪伴著。

我的面相並不友善。但很難得，這個小病人也不怕我。她牢牢抓著跳跳虎，好奇地不斷打量我；大概覺得這個阿姨有極大機率不是人類。

被打量的尷尬時間有點久，我不由得沒話也得找話說了。

「妹妹，媽媽呢？」

「媽媽在住院。」

這倒是個沒想過會聽到的回答，我一下緊張起來。這孩子的媽不會也發燒了吧？不會是群聚吧？

我強行鎮定下語氣：「真的喔？為什麼？」

「爸爸說，被我氣的。我很壞。」小朋友一下子低落下去。

「妳不壞。」我想辦法鼓勵她。「你爸爸很愛妳。妳看，」我比著身下的椅子，「妳坐的那邊是乾的；剛剛把拔坐的這一半是濕的。」

我想告訴她，妳的父母，都會為妳衝鋒陷陣、願意為妳遮蔽半生風雨，但還沒來得及開口，六歲的孩子眨巴眨巴著靈活的大眼睛，又把跳跳虎抱緊。

「那阿姨，妳也在淋雨欸。妳也辛苦了。」

大雨黑夜中，那個笑容，讓我覺得這雨淋得很值得。

我很想抱抱她，抱抱那隻跳跳虎。

之後進急診，檢傷護理師對著濕淋淋的我發出了尖叫。

「髒死了！去給我把值班服換掉！」

還有好多的遺憾，還有好多未完成的事

戰線無限延長，物資捉襟見肘，於是進入了消耗戰。
N95採取配給，口罩採取分發，欸你酒精拿去哪裡？快點放回來啊！
被迫重複利用著某些物資，連上個班都有種精忠報國的味道。

這場戰役似乎看不見盡頭。讓人感到絕望。

有一天回家時，不知為何開始咳嗽，腹瀉。
我躲在房間裡，覺得很對不起家人。
我聽到媽媽在外面敲我房門，我大聲吼：「不許進來！」

姊姊說：「那體溫計我放外面喔。」

媽媽跟著叮嚀：「水跟乾糧也在外面——」

我大怒：「妳們怎麼搞的？都去房子的另一邊！」

片刻，腳步遠去。安靜下來。

剩我一個人，與我天馬行空無法遏制的思緒。

我想起了李文亮，想起了SARS時犧牲的醫師，好像有一個跟我差不多年紀。

我想到了，自己還有好多的遺憾，還有好多未完成的事。

我還沒有去看埃及的金字塔；還沒看過真正的綠雙冠蜥……我還沒有被一個人好好的愛過。

忠烈祠外觀真特麼醜，可千萬別逼我住進去。
帶著這樣混亂的心思，我沉沉睡去。

愈是危險，就愈是要站直了

第二天，我原地滿血復活。快篩陰性。

在急診醫師身上，所有的傷春悲秋，都得是短暫的風花雪月。

每天都有新命令，每天都是新的戰鬥。

作為醫師，我踏入醫院前，可是發過誓的。

有人說誓詞過時了，但在每件白袍包裹的心臟下，還是或輕或重的壓著個砝碼。

愈是危險，就愈是要站直了。

你若倒下，就會讓整個國家的布陣，撕開一道雖然微不足道，但可能一潰千里的口子。

雖說光憑一個人的力量，我也不知道自己能做到什麼。

但是前輩說，你要相信，自己的信仰，能造成奇蹟。

我沒有信仰，但還是來許個願吧；希望有誰能聽到，幫我實現。

一願病人無事，盛世太平。

二願戰友同袍，平安歸來。

三願白髮父母，終將心安。

平行世界裡的淚水

漸漸地，疫情好像沒這麼可怕了。

口罩配給足夠，又可以讓人隨意一盒一盒買了；經濟活動照常，人民安居樂業，只不過是出入某些場所要記得戴口罩，進餐廳被量個額溫噴個酒精。

那時，大家大概覺得「後疫情時代」也就是這樣了。

一點點的麻煩；卻也沒嚴重到世界末日。

實際上，那時的臺灣跟全世界，彷彿處在平行空間的兩個極端。

美國診斷破百萬了！

死亡的人跟越戰一樣多了！

英國首相不幸中鏢了！

美國川普總統也跟進了而且還不戴口罩演講！

中國切魚的砧板上有病毒傳播出去了！

我們一邊滑手機看著這些消息，然而在國內新聞欄則是：臺灣放寬了限制，陪病家人從一組變成兩組；風景區不再限制人流；再次開放外生留臺。

太平盛世，無憂無慮。

有的醫院，甚至因為經費關係，拆除了戶外看診區。

我必須承認：我也跟著放鬆了戒備。

我開始戴著口罩四處逛展覽、看劇場，假日就去踏青，晚上則去Bar Hopping。

今朝有酒今朝醉，明日愁來明日睡。

在豔陽高照的二〇二〇年六月，我甚至談了場不痛不癢的小戀愛；不鹹不淡，平靜無波。

印象最深的不是告白時刻，不是被一擲千金寵愛的過程，而是某天下班後，在沙發上胡鬧一番後，男人湊過來想要個吻，我半轉過頭欲拒還迎。

他嘟著嘴抗議：「我可是冒著險來親妳呢。」

「冒什麼險？」我笑。

「健康風險啊！誰知道妳今天看了什麼病人？」

我一愣，見他笑嘻嘻的，也挑起了要笑不笑的嘴角。心，卻悄悄地顫痛了一下。

這段火花般的戀情短命結束，但回想起來，至少那時，我把握住了「今天」。後來我不時會想著，那約莫是上天給我的最後機會吧：在上戰場前，最後一次的溫存。

那時，臺灣到處大喊著：「Taiwan can help!」既驕傲，又令人振奮。彷彿只要隔著個海峽，我們就能刀槍不入；趁著大家愁雲慘霧之時，我們的製造業還能奮起直追。

然而，就在我們家興高采烈計畫好聖誕節小週末出遊時，一顆像是先遣彈的小地雷，爆炸了。

機師感染，增添本土病例，外檢傷重啟。

我們那些慢慢鬆散的動線與措施，一朝回到了解放前。政令又開始在你上班時，上著上著就忽然改變，俗稱「滾動式修正」。

後來，我們養成了習慣；每看五個病人就刷一次群組，往往就會有新的宣導出現。

午餐吃到一半，護理長破門而入宣告了機師染疫的消息。我的心，直直沉了下去。

天使們更慘。他們臉上一月被N95口罩壓出的瘡口都還沒完全消下去，又得全副武裝上陣了。所有人都認命地翻找起護膚保養品。

病人們其實也很可憐。發燒、咳嗽、流鼻水、腹瀉，吃東西感覺味道怪怪的；身體已經很不舒服了，還全部都被阻隔在外面，等待醫師層層評估，確定你不會帶來什麼群體感染的風險，才敢讓你入到戶內（室內）。

那幾天，外面天氣真是差啊，陰晴不定，偶爾還會下陣小雨。

但老實說，就算豔陽高照、微風徐徐還放著輕音樂，病人們也不會滿意自己彷彿被當作次等公民。

面對來到我面前，餘恚未消的民眾，我只能不斷說，抱歉久等了，抱歉久等了，我是急診科胖鳥醫師，你今天哪裡不舒服？

但有人的地方，就有江湖；難免還是會爆發一些衝突。

我脾氣本來就火爆，心眼又小，只是搭配上懦弱的個性，很多時候都忍氣吞聲。

一直到那一天。

放入戶內的病人已經留院觀察了一整個晚上，我向她與陪病家屬解釋了兩次報告，各個會診醫師都請過了一輪，請她住院。

她拿不定主意，打手機給家人。

她說話非常大聲，整個急診室裡的人都聽得到。

「從頭到尾都沒有醫師來看過我啊！」

「就都不知道報告啊！」

「什麼檢查都沒做啊！」

我在心裡嘆了口氣。老實說，這種病人，我見得多了。於是我深呼吸三口氣，走過去又和家人與陪病家屬解釋了一次。剛剛那個來的馬尾女孩，幫你們做超詳細檢查的那一位，就是神經內科專科醫師喔！我也是急診科醫師啦！有什麼不懂的現在可以問我喔？

他們連連點頭，沒有問題。

我回到了座位上，繼續下一輪奮鬥。

然後剛剛在電話那頭，聽竇娥告狀的家屬來了。

「胖鳥醫師是哪一個？」他開口就問。

我當時抱著一疊病歷，正要去看另外四個病人；在門口被他逮個正著，想逃都逃不掉。

「是我。」

「○○○到底是怎麼了？為什麼沒有人跟她解釋病情？」

我耐著性子，再跟他說了一次。電腦斷層，抽血報告，神經內科會診結果，最後決定應該要住院，已經給予什麼治療……

然後我習慣性問了一句：「聽懂了嗎？因為我已經講了至少三遍了。」

病人家屬當場暴怒了，大吼：「妳這什麼態度！妳這樣能當醫生嗎！我叫妳講幾遍妳就得講幾遍！還在那邊比三遍！我叫妳講一百遍妳就得講一百遍！我們是客人欸！」

然後，他伸手，推了我一下，我踉蹌往後退了一步。

幸好我體型威武雄壯，沒有跌倒，但我的腦袋轟地熱了起來，眼前金星亂舞。

這是我在急診三年來，第一次遭受肢體醫療暴力。

我脾氣上來了，大吼回去：「我哪裡說錯了？你們病人在這邊整個晚上，我們一個報告出來就講一遍，最後還問她有沒有問題——」

「妳還說！妳還說！妳不准說話！妳就是態度差！沒有妳這樣當醫生的！妳們都當我們是白痴是不是！我叫妳講幾次妳就得講幾次！不許妳站著跟我說話！」

我們衝突的地方就在診療室正前方，所有人都嚇到了，連警衛都沒有來支援。當年入行的時候，前輩教我們一段金科玉律：

醫病衝突時，你需要拉開距離，將場面降溫處理，必要時離開現場。

我必須承認，我當時的表現非但不專業，還堪稱反面教材。簡直就是我還不算資深的醫學生涯中一大污點。

隔壁診間的暴走系學弟直接暴走出來，把病人家屬往後拉，擔心他再對我動手。

我氣得眼前一片黑，想著：「要動手就來啊！我怕你啊？」於是向他逼近了一步（我猜暴走系學弟當時應該很想哭，學姊妳為什麼挑這時候犯病啊？）

「我做錯了什麼？你說啊！我做錯了什麼？」

「妳閉嘴！妳就是╳╳╳╳……」

此時我最敬重的主治醫師之一——幸運七，走到我身邊，把我推進了內科診間。

他一出手，我就像撒潑的孫悟空遇見唐三藏，再怎樣也不敢亂翻跟斗。

順著他進入診間，我換了口氣，還是止不住自己的情緒，非常丟臉的放聲大哭：「我為什麼要遭受他們這樣的侮辱！我還到處拜託同事來幫他會診！我幫他想盡辦法找病房！為什麼我要這樣幫他們！我為什麼要當醫生！我有什麼價值！我做錯了什麼？告訴我我做錯了什麼！」

潛臺詞是：我是不是，真的這麼沒有價值？

這份工作，是不是就是這麼沒價值。

我是不是就是個草菅人命的爛醫師？

我好想辭職。

溫柔的幸運七醫師非常專業，沒有正面應對我的情緒，而用了那記大招，對我說：「不要感情用事，去外面休息一下。」

我不想休息；在這裡，休息就是弱者的表示，而我是女生，還哭了，更加符合弱者的刻板印象；實在是丟臉至極。

當我就快要成功咬穿自己的嘴脣克制住眼淚時，一個平常做事安靜沉穩、不輕易開口的資深護理師，忽然從後面抱了我一下，還用細嫩的手掌上下摩娑了我的肩膀，好像在安慰一隻小動物。

我臉上好不容易止住的眼淚忽然又成了滂沱大雨；所有受的委屈，好像都得到了抒放。

於是我逃到了外面的花圃，在沒人看見的地方，好好地痛哭了一場。

暗潮

我家的耶誕小週末遊憩計畫，因為機師確診事件暫時取消，但看了一下，好像此案被匡列者都沒有中獎，也不曉得是不是當事人與人的「連結」不夠深入。

激動了幾日，人民又開始回復了日常生活。

反正這裡是臺灣。我們有著講話沉穩有智慧的時中，有著一關國境就自產自足的地理優勢。每次還不是大事化小，小事化無。

於是我們家又策畫了新年後的小旅行。

接下來的發展，卻讓我一度嚴重懷疑，這病毒是衝著我們家難得的假期來的。

訂好飯店的第二天，部桃就傳出了院內感染的消息。

染疫的是醫師、護理師、專業人士；這次中標的，可不是普通人了。

雖然早知道這一天終將來到，我卻還是產生了遙遠共鳴著的悲傷。

面對鋪天蓋地的謾罵聲（是不是醫師沒有穿好裝備！）、謠言（聽說是有人到處亂搞喔？）與猜疑（其實超多感染！只是被官方蓋牌！），有一件事情特別讓我擔心。

「欸，你看這個被匡列的住院醫師，被公布的行程好詳細喔。」

「……你是想去朝聖嗎？」

「我是擔心萬一有一天自己被匡列，被調查足跡會不會很丟臉。」

「難道你晚上十一點半林森北路，十二點大直薇閣？」

「呃，可能是家、工作、家，然後被匡列的都是Uber Eats或熊貓的外送員啦。」

群組一片安靜。

過了一陣子，有個人回覆說：「啊你現在是不會用Uber Eats無接觸服務喔？防疫破口。」

請別封院

部桃進行清零計畫的那幾天，眾醫師群組天天都在為他們祈禱，緊張地追蹤著這群同伴的命運。

無論走到哪一步，請都別封院啊！

那幾天追著新聞的醫師們都在討論，誰都不想要再次重演ＳＡＲＳ那種忽然隔離的情境，求助無門。

大敵當前，我好像更能夠了解那些歷史流傳下來的相片背後的絕望了。

那時，醫護們被反鎖在醫院裡，物資不夠、動線混亂。一個一個的年輕生命拉著自製的橫布條，一次又一次地對外界發出嘶吼：我不想要死！

照片裡充滿著對死亡的恐懼，對自由的嚮往，對愛人的眷戀。

我站在窗邊閉上眼睛，想像自己與親人只有一窗之隔，卻是天地永別了。

幸好，老天保佑。

這顆小炸彈，最後被有驚無險地拆解掉。

部桃事件其中最應該被世人銘記的，除了那些受盡千夫所指卻安分守己的醫療同袍們，就是短時間內篩檢了幾千支ＰＣＲ的無名英雄們。

頂著熱氣，懷著不安，一支接著一支，他們檢驗著臺灣的未來。

滴落的汗水大概能灌滿淡水河，機械化的動作肯定能練就鼓脹的三頭肌。

又過了一關。

謝謝你們，無名的英雄。

什麼時候會完結？

在疫情爆發的初期，我問過抗煞老前輩。

「這討厭的東西什麼時候會完結啊？」

「天氣熱就沒了啦，七八月吧，加油啊。」

然而，二〇二〇年七月過了，沒看到新冠肺炎減少，倒是炎熱的巴西傳來了消息：總統、夫人、內閣成員，全部確診。

於是，某次我與同一位前輩搭到班的時候又問：「這鬼東西到底什麼時候完結啦？」

前輩大概是被我問煩了，隨口答：「等它被疫苗消滅，或人類被它消滅吧。」

我認真地想一想，哭喪著臉賭氣著說：「不管哪種結果都快來吧，這種於外不能出國，於內不能放縱的日子，我過煩啦。」

前輩瞪了我一眼，大概是想著：孽徒！為師當年怎麼會收妳這個蠢貨？

美麗的泡泡

無聲無息地，作為史上最快被研發出來的疫苗，這項彷彿軍備競賽的生化發明，慢慢地占據了人類世界的頭條。今天報拜登政府上任後推廣疫苗，成效卓著；明天報英國接種人數多少並且確診人數下滑了幾個百分點。

但是疫苗這個議題，在臺灣好像還鮮少有人討論。最多也只是在講：AZ到底有沒有副作用？會不會都沒人打，放到過期啊？

然後，翻到報紙第二版。你要非常仔細地閱讀小字，才能理解現在世界上到處都是COVID—19變種株。英國變種死亡率高，南非變種對疫苗抗性高，印度變種變化莫測。

醫護人員遲遲無法看到戰爭的盡頭在哪裡。

至少，臺灣還沒有這些惡魔，我想。

我們生活在安全的泡泡裡面，每天上下班生活如常，假日還能聚餐逛街創造經濟價值。

連帛琉都開始旅遊泡泡了，幸福的生活還會遠嗎？

但我忘了，泡泡再大再漂亮，只要一根粗心大意的針，一切，是這麼容易破滅。

我喝水吼，會有點澀澀的

那根針，來自我傑出的同袍熊掌。

那時，防疫措施算是半鬆半緊。也就是說，辛苦的檢傷護理師聽到相關的症狀，還是會讓病人在室外稍候。

醫師出去問診時，只要TOCC；也就是旅遊史、職業、群聚史、接觸史，都沒有讓人起疑，症狀也不至於很像新冠肺炎，我們就能把病人帶入室內進行下一步處理。

啊，寫這篇文章的當下，我是多麼想念那個單純的時光。

同屆的就我們兩個人，比起幹啥啥不行的我，我非常驕傲我有這麼個同袍。在此沾一點他低調散發出的英雄光。

在我想像中，我傑出的同袍穿著輕飄飄的單層隔離衣，隔著N95口罩耐心詢問病人：「你最近有去大眾場合嗎？」

「沒有啊，就參加一些多人聚餐，還有比較大型的集會而已。」

我同袍傻眼了半秒，然後說：「那你除了發燒、咳嗽，還有什麼症狀嗎？」

「喔，我喝水吼，會有點澀澀的。」

嗅味覺異常！

這五個大字如同跑馬燈，竄過了同袍小眼睛後的大腦袋裡。

「你等一下，我先幫你篩檢，再開藥給你。」

說完，他轉身，以一個尷尬又不失禮貌的速度撤離了現場，直奔俗稱「兔寶寶」的全身式防護衣換衣間去了。

疫情將襲急診知

蘇軾有句詩是這樣的：「春江水暖鴨先知。」換成醫界，大概就是：「疫情將襲急診知。」

我的英雄同屆伸出他罪惡的熊掌，幫超級傳播者戳了下他鼻孔的第二天，全國急診都隱隱感覺到事態不妙了。

「靠北，篩檢出陽性了，那你今天早上晨會還坐我身邊！」我對熊掌怒吼。

「那你們口罩有拿下來嗎？」主治醫師關心的問。

「何止拿下來，我們還一邊講主治醫師壞話一邊交換手機互相刷！」

「就叫你們不要在背後偷偷罵主任了……」

這還是能開開玩笑的階段，而我們都知道事態不妙。

但尚不知道，星火燎原，很快就燒出了森林大火。

吃午餐時，本來習慣固定看《我們這一家》的電視，都轉到了記者會直播，看得我胃潰瘍。

「欸我篩出來那個匡列的會不會全中啊？」熊掌傳簡訊給我。

我怒回了一排刪節號給他。

然後，不但全中了。

還一路中到萬華去了。

從一看到二十九個快篩中獎時跳起來驚聲尖叫，到每日確診人數達三位數，很快的，我都看到麻木了。

「明天開始，外檢傷開立醫療站，」睡前我收到了明日搭擋，一向瀟灑如同儒俠的主治醫師的簡訊，「醫師輪流駐守。胖鳥妳打疫苗了嗎？」

「呃……沒有。」我非常心虛。現階段資訊裡，AZ疫苗容易造成年輕女性血栓，尤其我還有服用避孕藥。伸頭一刀，縮頭也一刀，我決定觀望幾天；誰知道就這麼幾天，就足以讓我悔不當初了。

主治醫師也沒有怪罪，下一則簡訊帶著他天生的果決：「那就我明天整天坐鎮外檢傷。」

我看著手機螢幕，很不爭氣的熱淚盈眶。

噩夢之始

噩夢開始了。

第一階段，大量收到細胞簡訊的人、為了會考去龍山寺參拜的孩子們、忽然覺得喉嚨癢癢的人，去過不可告人之地做過深入連結的人、曾在遊藝場試試手氣的人，開始湧入急診。

臺灣還沒有篩檢站。

不來急診，還有哪裡可去？

隔著窗戶看到蜿蜒的人龍，我有種大家是在排隊買iPhone的感受。

只是，排隊買最新iPhone的人，可不會這麼不耐煩。

站在民眾的角度想：老闆們當然都希望自己的職員能接受快篩，否則會大大影響自家股價；三代同堂的孩子們都怕傳給長輩；父母們都怕影響過幾天的會考。

但這一切可苦了急診的工作人員。醫師還好點，裝載負壓的醫師診療間裡有冷氣送風；外面罰站著幫大家打點滴的天使們就沒這麼好運了。穿著兔寶寶裝在三十度的高溫下堅守，脫下衣服時，每個人都成了新鮮出爐的小籠包，熱氣蒸騰。

下班的時候，我看著他們列隊走入更衣間，衣褲浸滿汗水，恍若一尊尊卸下盔甲的女武神，全身濺滿敵人的鮮血，凱旋而歸。

我不知道他們是怎麼辦到的。

只是走出急診大門幫忙問個診，我就差點曬成了鹹魚乾，回來後逕自跌坐在室內冷氣前拒絕移動。

不移動也得動，醫院付我薪水可不是讓我來吹冷氣的。

外面響起了檢傷護理師冷峻的聲調：「新北tPA，[4]請準備！」

我爬起身來，戀戀不捨地看了冷氣最後一眼，穿上兔寶寶裝，啪答啪答地跑了出去。

往常這樣的病人也不難處理，問清楚病史、做好神經評估，一通電話便可召喚出對人腦無所不知的神經科，接著便是討論是否做血栓溶解或機械取栓術。我只要在一側幫忙找家屬、探究過去用藥、協助勸說，順便控制下血壓血糖；再不濟就維持呼吸道、幫忙插管，下一步就送給後線科繼續照顧了。

但現在，我們正式進入「大肺炎時代」，一切都不一樣了。

疑似心肌梗塞？先驗新冠肺炎。

4 tPA：急診的廣播代號，表示即將有疑似三小時內中風的病人被送來，請急診診間做相應準備。

疑似中風？先驗新冠肺炎。
疑似大動脈剝離？先驗新冠肺炎。

也不能怪政策不近人情。要是醫院真的誤放一個新冠肺炎確診者進來，感染了隔壁床家屬或是傳送人員、放射科職員，乃至害死本來免疫力就不佳的病人，那可不只是公關危機。媒體不分青紅皂白的渲染醜聞，政府機關轉移焦點的大肆檢討，可不是我們這個豆腐一樣大小的急診能夠承擔的。

於是，每個病人進來，我的心都像是在接受阿努比斯的審判。

「救人為先」——這是天秤上勃勃跳動著的，急診人的心臟。
「保護團隊」——這是天秤另一側，發著光輝的，團隊的生命線。

在這樣的拉扯之中，我的心，早已碎裂千百次了。

「我們對面病房關了，我今天不回家。」

最要命的是，護送病人等待斷層結果的時候，我接到了Line的家族訊息。訊息很簡單，來自我在別家醫院大內科工作的唯一親姊姊。她說：「我們對面病房關了，我今天不回家。」

看到訊息的當下，我雙耳耳鳴、眼冒金星。

回撥電話，沒人接。

打Line，沒人接。

傳messenger，沒人回。

姊姊從小好強倔強。印象中，我國中時，曾去病房探望過即便腸胃炎上吐下瀉仍堅持上學，最後脫水住院的她。虛弱的她戴著氧氣，伸出手指對我比了個V，說胖鳥欸！胖鳥來看我了！說得我都破涕為笑。

姊姊也在醫療一線工作，在這波傳染潮中，是首當其衝，父母擔憂不已，但她始終堅守崗位，堅持「同科一命」。

她愛這份工作，這份工作也選擇了她；她不願退縮。

但我真的是氣到簡直要把手機捏碎了。

放射科同仁被我嚇到，想著：這個醫師是看到掃描結果出了什麼問題嗎？怎麼一臉像是世界末日？

我沒解釋，思緒一團混亂，最後終於想到了，我可以打她的公務機。

這個工作狂，什麼社交軟體都關，就公務機一定會開著。

果然。

「我們對面病房關了，我今天不回家。」

「喂妳是不能講得詳細一點嗎？」我劈頭就罵，「對面為什麼關病房？妳有沒有踏入那個病房？妳有感冒咳嗽流鼻水嗎？藥有沒有認真吃啊？妳不回家要去哪裡？身上有沒有酒精？N95給我戴好！」

等我一波宣洩完畢，姊姊才以內科系人那種特有的、慢悠悠的安撫語氣說：「我去住宿舍啦，藥有吃，在等快篩，對面病房也不關我的事。啊妳不是在上班嗎？怕吵妳嘛。」

「妳——」我氣得心跳可能都要一分鐘一百八十下了。

此時，放射師終於鼓起勇氣打斷我：「醫師，我們做好了，病人可以下臺啦。」

我深吸一口氣，帶著餘怒強裝溫柔地對著電話說了最後一句話：「妳自己小心，好不好？」

「好——」仍然是樂天派的答覆。

我關上手機，把病人推回診間，終於了解了那句話：

明天先來，還是意外先來？

你怎麼可能知道？

在一線上，我們並不孤單

那天來的中風病人，不只這一個。

不知道是氣溫變化，還是大家的擔憂影響到了血壓，中風病人非常多。

中風講究的是黃金三小時；治療即時，有可能可以搶救人腦功能。且讓我在此衛教：顏面歪斜、半邊無力、口齒不清，這些都是中風的症狀。

當天上班的神經內科醫師，是個俐落帥氣又有耐心的學姊。

面對第一個啟動緊急應變機制後收的三小時內中風患者，她過來時已熟悉了新的急診穿著規定，在幫病人找好加護病房並開始黃金治療之後，帶著點厭世地說：「以後做完腦部電腦斷層我再一起下來看，不然一直穿脫防護衣很麻煩，也容易染污。」

額外一提，這是我第一次，在戶外做腦中風精細的黃金治療。沒看到病人的每一分鐘，都讓我提心吊膽。

才剛處理完，沒過幾個小時，又來了一個中風病人。我還是緊急啟動，再次召喚學姊，請她準備使出「腦之呼吸」。學姊說：「我做完斷層再下去看。」

結果不到一分鐘，她就出現在急診，宛若瞬間移動。

「我還是先去看一下好了。」她嘆一口氣。

病人與家屬大概永遠不知道，當天這位學姊真的是竭誠盡力，為了搶救人民的大腦，冒了極大的風險。

我真的很感謝每個願意應聲而來的會診醫師，他們就像看到燃起烽火後，馳援趕赴的友軍。

每個來協助復位的骨科、解釋開刀的一般外科、在病床邊幫我們縫起韌帶的整型外科醫師、總在床畔安撫病人的精神科、隔著極近距離看眼底鏡的眼科醫師，以及面對一張大嘴努力夾除魚刺的耳鼻喉科醫師。

即使知道急診這個混亂的戰場上危機四伏，仍然接下了任務。

他們讓我知道，在一線上，我們並不孤單。

不能不打的疫苗

管他血栓、嚴重過敏還是嚴重顏面神經麻痺，ＡＺ疫苗於我來說，不打是不行了。

原因不在於我怕死——好啦，我是很怕死，因為ＣＯＶＩＤ－19陽性實在是愈篩愈多了，敝院彷彿每天不篩出幾個陽性，都不好意思叫醫學中心了。

更重要的是，因為我沒打疫苗，有些主治醫師不讓我看病人了。

本院急診就是有這麼些醫師有這樣的膽魄：我要擋在這群孩子前面。而且擋得理所當然，毫無道德綁架。

當然，不是人人都有這樣的勇氣與度量。我也能理解有前輩擔心能力不足，一個人顧不了全局；有的人家中孩子太小，面對大量的未知，還是決定保命為重。

但是只要有一個人，能把我這種怕死無能、前途黯淡的無能小卒放在心口，我就願意竭盡忠誠、肝腦塗地。

打疫苗的那天，我發高燒，痛苦到蜷縮在床，拚命哭泣。

我在心中對自己說，能打到疫苗，是一種義務，也是一種權利。

明天，再忍耐一天。

我就能在戰場上，穿上另一層金甲。

一線戰場

於是我正式走上了戰場。

說得好像很悲壯，但主戰場急診戶外看診區其實是一間矗立了一年多的鐵皮屋，外牆還油刷成彩虹般令人雀躍的顏色；遠遠看去，民眾老是以為那是廁所。

在那裡，醫師看診間只有一個僅供轉身大小的房間，用力把小腹縮緊的話，可以擠出三個位置。

我坐定，開門往外看。

門外是一條嗷嗷待哺，等待著你叫號的民眾人龍，搧著風、咳著嗽，還動不動沒保持社交距離。

此時，我們還在疫情的「第一階段」。來採檢的人幾乎都是輕症、還能跑能走，只因為擔心上呼吸道症狀，或不小心有什麼特殊接觸而來。

在這邊先聲明，這本書裡提及的「階段」劃分，完全是我自己在臨床上的感受。

看到外頭宛若黑色星期五搶購日的場景，我默默地關上門，吐納運氣，進入了禪定空間。

不要怕不要怕。

幸運七主治醫師說，這就像是在診所給病人看病，放輕鬆就好。

事實證明，我並不適合開診所。

首先，我的膀胱容量並不足以支撐我穿四個小時，也就是一個換班時段的兔寶寶裝。

那時——原諒我開地圖砲——我們著重於防範三重、宜蘭與萬華地區的上呼吸道病人。然而，就連站在第一線的我們，都沒意識到病毒鏈接傳遞的速度有多快。

「喉嚨一點點癢，醫師妳幫我看一下。」

「我們現在不太看喉嚨欸，我幫你開一套藥水、藥粉，保證有效。」

「不行醫師妳要幫我看一下！我怕是新冠肺炎！」

「看喉嚨也看不出新冠肺炎啊，你不是住士林？沒什麼群聚因子吧？」

「我……我……我前幾天去過萬華啦！但是我沒下車！」

「沒下車應該也不太容易得……」

「醫師，拜託啦！」

我透過沒關好的門，看到站在外頭的病人妻子死盯著老公，全身散發著死亡之氣。

好像有點明白了什麼。

「請在等待區坐著，稍待有人會幫你篩檢。」我同情地說，一邊開好了核酸檢測單。

下一位。

「家裡兩個小孩同時拉肚子流鼻水，燒到了四十度，已經四天了，好像有點咳嗽。」

「好，全套檢查。抽血看一下發炎指數好不好？」

媽媽同意了。

「不要打針！」比較大的姊姊代表全世界的孩子，發出了抗議。

我露出了欺騙孩子的糖果屋巫婆臉。「不打針。抽血而已。」

「什麼是抽血？」

「就像是被蚊子叮一口，蚊子抽妳的血這樣。」

「好喔！」

嚴格說起來，我可沒有撒謊……對吧？

幾小時後，抽血報告出來了；所幸，一切正常。儘管已經等了好幾個小時，這對父母仍然很有耐心，一點也沒有責備我的意思。為了避免靠鐵皮屋太近，一家人躲到了中央花圃附近，我將一整大箱備用藥物遞給家屬、講解病情、衛教之後，開始幫孩子拔針。

「痛痛！痛痛！」固定點滴的膠帶貼得很緊。姊姊在拆除的過程中發出慘叫，年紀稍小的弟弟嚇得扒拉著媽媽的洋裝試圖藏起來。

「不怕不怕。」我跪在地上，語氣盡量輕柔。

「醫師妳坐下來吧。」爸爸站起身來，語帶歉意，「可能會拆很久。」

「別擔心，我這個高度跟她一樣，這樣她才不會怕我。」

聊天間，點滴針已經拆下來了，我的魔掌轉向了小弟弟。

弟弟哭得更淒厲了。

姊姊此時一抹自己的眼淚，另一隻手伸過去牽著弟弟，模仿著我剛剛的語調。

「不痛不痛！」姊姊勇敢地說，「一下下，不怕喔！你看我也沒哭！」

弟弟聞言，抹掉鼻涕眼淚，雖說實際上反而讓那巴掌大的臉蛋更黏糊了。他帶著顫音，堅強地說：「我也不哭！」

「弟弟好棒！」姊姊「吧唧」的親了弟弟的臉一口。

這真的是，我今天看過，最療癒的場景了。

下一位。

「醫師，我的丈夫跟孩子都確診了，我喉嚨痛、發燒四天，我想來篩檢。」

我覺得妳是不用驗了——這句話卡在我的喉嚨裡硬是沒有吐出來。

年邁阿姨臉上的每一條皺紋裡都寫著擔心。

也許她需要的，只是一個肯定的回答。只是想問她現在是唯一經濟來源，還能不能工作？只是想問，她還有沒有資格，照顧她的親人？

我咽回湧上喉頭的話，印出採檢單，制式化地指向遠方：「旁邊採檢室窗口前等。」

下一位。

「醫師，我想要診斷書，要註明須隔離休養喔。」洋洋得意的表情，一看就知道是幾個月前搶到了護國神單。

我在心底翻了個白眼。本來還想跟他理論一番，但看到他身後還有蜿蜒的一條人龍，算了。

下一位。

人未到，聲先至。高跟鞋喀噠喀噠的聲音相當有氣勢，來人也的確是位豐胸御姊。大紅脣，深色眼影，高挺的鼻樑上架著墨鏡，她坐下來雙腳一翹，再點上根菸就可以拍廣告大片了。

要是平時，性好漁色的我肯定會打量下她的網襪長腿，但此時午餐時間已經過了一半，看的病人已經超過幾十個，所有病人在我眼中都是一個樣了。我制式化的開場：「妳好，我是急診科胖鳥醫師，今天哪裡不舒服？」

她湊了過來，聲音悅耳如黃鶯，笑得讓人心都醉了：「醫師，我要來篩檢，我喉嚨痛！」

「妳在哪邊工作？有接觸到什麼可能的病人嗎？」

「我在龍亨酒店上班。」

頓時，我肅然起敬。工作幾個月的薪水，都不能讓我在龍亨這個銷金窟笙歌一個晚上。

拜疫情所賜，我終於有機會一睹號稱全臺第一酒店的小姐芳顏。

果然所傳不虛。

再多看幾眼，我都要彎了。

「旁邊帳棚區等。」

我戀戀不捨地看著她的倩影，聞著殘存在空中的一抹百合清香。

下一位。

我一邊寫著病歷，一邊在心裡唸著人生苦短，為什麼每個病人的生活都這麼豐富？有人母親節去了某家餐廳剛好是三重名店；有人前天黃昏去萬華市場給女朋友探班；有人剛剛跟老公去宜蘭泡冷泉。

我在心中暗暗發誓，等疫情過去，我一定要去茶室老街，豐富一下自己貧瘠的靈魂生活。

那家人確診了

沒輪到我鎮守鐵皮屋的時候，我偶爾能夠趴在桌上滑電腦。螢幕裡的新聞愈滑愈讓人膽戰心驚。疫苗不夠啦！政府統一徵收N95口罩啦！專責醫院開始滿載啦！

我憤而關掉電腦，改刷手機，沒想到這一刷更不得了。

熱區裡的醫師群組，在理智鎮靜的語氣之下，已經隱隱透露出潰堤的前兆。一張一張在交流群組、從不同醫院貼出的胸部X光片，那些應該被空氣充得飽飽的黑色，已經被病毒一塊一塊侵蝕成白色瀰漫的洞與水。

萬華的騎樓下搭建了帳棚，大型活動氧氣罐擺在中間，幾個病人保持安全距離，圍著氧氣罐奮力掙扎、呼吸著。

更可怕的是，一些不明就裡的民眾，還生活照常。

婚喪喜慶，公祭掃墓，樣樣都是大事。

要我錯過良辰吉時？免談！

「我還有戴口罩喔！」電視訪問裡，一個大叔一邊這麼說著，一邊在香灰四處飄散的時候，偷偷拉開來，吸兩口氣。

這時候，不過是同袍熊掌展現神功的頭一週而已。

我深夜爬起來看手機的時候，讀到主治醫師傳來的群組訊息。

昨天我看的、住士林的那家人，確診了。

我將手機一扔，用枕頭蓋住臉。
沒看到，就不存在。
但我心中清楚地知道——大勢已去。

寂靜的臺北城

感染源待釐清。
感染源不明，鏈接未核實。
某社團群聚，來源待查證。
臺北城，已經淪陷。
新北作為兄弟之邦，緊追其後。
天女散花，四處是雷。還不封城？難道要等會考結束嗎？
網路開始罵戰，眾人瘋搶民生用品，還有人趁著封城前向南出逃。

開始上夜班的那天，準時七點出門的我，預期看到四周店家燈火通明，餐廳觥籌交錯，銀髮族帶著孫子女們在公園嬉笑玩耍，然而卻只見到滿城亮晃晃的路燈，照著空蕩蕩的街巷。

竟是一片末日殘城的景象。

這已經不是我們這個層級能獨自力挽狂瀾的時候了。我只能站在原地，無能為力地看著時代的海嘯，撲面而來。

而在此刻，一片喧囂之中，這邪惡的病毒，也悄悄地，來到了「第二階段」。

如果我犧牲了怎麼辦？

病毒，這個從古到今從未在人類歷史上消聲匿跡的宿敵。

在一部分科學家的定義裡，以及我的心中，它甚至根本不是一種「生物」。

它只有遺傳物質，以及包裹在外的保護殼。

它存在的唯一目的，就是利用其他存活的生命體，把自己的遺傳物質散播出去。

偏偏它如此狡詐，來到細胞前面就生長出各種表面蛋白或脂質，或一切能運用的構造來死死卡住目標，細胞想甩都甩不掉；又或者，碰到兩情相悅者就來個結合變異，讓你防得住原生態，防不了變異種。此外，它還有一個大絕招——可以藏起來，與你共處多年，直到哪一天你累了、老了、虛弱了，再放一記大絕，一次取走你的生命。

病毒不是傳統意義上的生物，卻有著巨大無限的潛能。

冠狀病毒更是讓人不得不咬牙切齒，並讚嘆對手的詭譎難測。

我與新冠造成的重症的第一次短兵交接，完全出乎意料。

不在鐵皮屋的時候，我必須時時刻刻做好準備，等待廣播傳來：

「北市呼吸喘一名，請準備！」

「新北通報意識改變，請準備！」

「新北通報胸悶發燒，旅遊史不明，請準備！」

反正那陣子喊來喊去，大部分都是我去準備。

因為我討厭未知，我寧願到一線去面對。更何況，我們的人力分散各處：最大的指揮官需要綜觀全局，另外一位成員在主戰場疲於奔命，另一個留守照顧隨時會變差的留院觀察病人，還有一個人要負責外科跌打損傷。

衝鋒陷陣，捨我這無能小兵，還能有誰。

雖然講得這麼熱血，但其實還有一個原因，是因為去處理這些病人，怕死的我可以名正言順的穿兔寶寶裝，全方面給我最安心的呵護。

這天，廣播通報的是意識改變，燒到四十一度。路倒無家屬。

我站在大門等著迎貴客。

其實我挺喜歡看救護車開進來的那一刻。

因為EMT（緊急救護技術員）弟兄卸載病人時，總像超級英雄亮相的經典運鏡。

停車，下車，滑開大門，拖出擔架。流水般的動作，一氣呵成。

我湊上前去。

即便疫情關係不能做詳細的理學檢查，但急診人天天在鍛鍊的，便是看病人面相。

第一印象：男性，年紀不大，不喘且沒有疼痛表情，衣冠端正，體格正常。肺阻塞疾病與糖尿病的可能大大降低。

第二印象：瞳孔正常，疼痛刺激有回應，生命徵象穩定，就是燒了點。是在還沒有什麼疫情的街區撈到的路倒病人。

腦出血？使用毒品？

還是中暑？

先退燒吧，退燒意識可能就好了。

我將他推到陰暗的鐵皮屋裡，冰水、肌肉注射、點滴降溫，有什麼工具一股腦兒全上。

果然如我所料，退燒三十分鐘後，病人完全清醒，迷惑地不知身處何處。

我真棒。

洋洋自得的我打開報告系統。抽血結果尚未出來，X光倒是好了。

上面全是一顆一顆的東西。

這什麼，腫瘤嗎？

唔，若真是肺部腫瘤，轉移到腦部的可能性是極高的，造成意識改變也不無可能。

我穿著單層防水隔離衣，拉好N95，走到他身邊，親密的貼在他耳邊說：「先生，我在你肺裡看到不正常的東西，我們做個電腦斷層好不好？」

又解決一個難題了。我哼著小曲，去乾淨區脫掉了隔離衣，洗了洗手，幫自己開了瓶豆奶。一飲而盡後，又繼續哼著小曲回到了座位前面，打開病人的電腦斷層。

電腦斷層影像入眼的瞬間，我感覺剛喝下的豆奶反湧上來，差這麼一點就要噴在了螢幕上。

這哪是一顆一顆的腫瘤！

分明是一塊一塊稜角分明的肺炎，彼此距離得非常遠。學名叫做「air-space opacification」。也就是有東西，可能是水或是病原體產生的發炎物質卡住了氣道，在放射線檢查上造成的現象。

想起我們幾秒鐘前的親密接觸，心如死灰已經不足以形容我此刻的心情。

偏偏此時，一向與我關係不錯的小圓護理師一屁股坐在我旁邊說：「恭喜啊，胖鳥，妳剛剛看的那個病人PCR陽性喔！Ct值[5]還挺低呢！」

5 Ct值：病人感染冠狀肺炎的指標，數值愈低，表示體內病毒量愈多。

我頓了一下，轉過頭去，哭喪著臉：「如果我犧牲了怎麼辦？」

小圓興高采烈：「莫急莫慌！那個什麼紙寶馬，紙帝寶，童男童女，我通通燒給妳！」

「我還要啤酒或是XO搭建成的罐頭塔。」

「沒問題！」

聽起來我來生應該會過得不錯。我放下心來，繼續看一下個病人。

當然，在繼續工作之前，我先去放射科與同袍們鞠躬道歉，只差沒有下跪切腹了。

最恐懼的時刻

這樣的插科打諢，在白日耀眼的日光之下，很容易就讓你忘記自己身處可怕的火線，以及剛剛才經歷與狙擊子彈擦肩而過的瞬間。

最可怕的時候，是睡前；本該好好休息的時刻。這時沒人能夠與你講話打鬧，沒人能夠與你分擔陰暗的情緒。在最深的黑暗裡，只有你的心跳聲陪著你。

翻來覆去，卻怎麼也睡不著。無邊無際的恐慌蔓延了上來。

我與那個病患講話的時候，N95口罩的邊角是不是沒有拉平？

我碰觸他推床的邊緣之後，是不是忘了洗手？

我跟他趕來的老婆解釋病情時，老婆是不是也已經帶原了？

一個想法比一個想法可怕，在淺淺的夢境裡張牙舞爪。

最後我終於進入淺眠。

我夢到自己的篩檢結果陽性，還來不及回家，醫院警衛就把我拖進了隔離室裡。我尖叫、大吼，警衛卻頭也不回的離開；身後有面孔不清的人們不斷咳嗽、哀嚎著求救，我這才發現自己沒有口罩。我害怕的四處翻找，最終在「砰」的一聲中，被猛然驚醒。

原來，我在現實中摸到了折疊整齊、被我放在床頭的口罩，卻也撞翻了放在旁邊的髮香噴霧。碎裂的罐子濺出了鮮血般的顏色，飄出了陣陣怡人的香氣。

我也懶得收拾了。

抱著枕頭，我將口罩扔到一邊，想辦法再次入眠。

我痛恨自己的渺小

病毒可不會為我的睡眠問題與脆弱心靈停下腳步。

第二階段，如野火燎原；病毒仗著潛伏期長的優勢，繼續攻城掠地。

一車一車送來的老人，明擺著主訴就是發燒、喘；也不用醫師了，檢傷護理師一看面相，就通通拖去了污染區，等待PCR的審判。

老實說，十次猜測，有十一次都是正確的。多出來的那一次是跟來的家屬確診。

官方發下來的醫療指引，我大概看了十遍左右。除了類固醇，最後線的抗生素、氧氣、水分、症狀治療的藥物，我真的不知道還能怎麼辦。

過一段時間，我就繞過去看他們一眼；看一眼，就傷心一次。

我一次又一次地痛恨自己的渺小，痛恨自己輸給這個渺小到肉眼看不到的邪惡東西。

我們在戶外又陸續搭建了許多帳棚，盡量將乾淨區與染污區隔開。

有個阿姨得了膽囊炎，按道理她需要動手術。我與阿姨討論不開刀可能有敗血症與腹膜炎的可能性時，阿姨遲疑地說：「妳說的我都懂。但是醫生小姐妳偷偷告訴我，妳們醫院有沒有收確診的病人？」

當時我有點下不了臺。

真不知道該怎麼對她坦白：您現在抬起頭，對街上掛了個十字的那幾張床，通通都是新冠肺炎重症。

三級警戒

官方終於鬆口，進入了三級警戒。

熱鬧的、從不安穩的、半夜還叫得到燒烤的臺北市，成了死城。

餐廳、咖啡店都是空的；富麗堂皇的美術館一盞燈都沒開；來拿外賣的顧客們戴面罩、口罩，還外帶護目鏡，明明是光明正大的金錢交易，卻玩出了一種彷彿是搶劫的熱情。

那天來交班時，女神學姊對我說：「不管再怎麼辛苦，妳都要感恩地想想，至少，我們還有班上，餓不死。」

的確。從古到今，不管是天災人禍、戰爭饑荒，傷害到的，永遠都是在中下層討生活的苦命人。

紓困金能撐多久？

限制出門能關大家多久？

會有多少人被資本主義無情地淘汰？

這群人所經歷的苦難，是坐在白色象牙塔裡的我，想像不到的。

但是啊，即使餐飲業營業額重挫了百分之十，怎麼還有這麼多熱心、善良的民眾呢？

他們名牌也沒附，外箱也沒有署名，一箱箱的飲料、愛心便當，就這樣神奇地出現在我們用餐的桌子上。

那天我打開便當盒，看到了肥滋滋的控肉，眼淚都要掉下來了。吸管往黃色包裝蓋的手搖飲料一插——居然是冬瓜茶！天啊！這是已故的外婆以前最常做給我吃的套餐！一口咬下去，我彷彿覺得外婆就在身邊，笑著說，加油啊，吃多點。

這是上天給我的砥礪吧！

不，不是上天，是謝謝你們，謝謝熱心的民眾——你們讓我知道，外面還有很多的人，都在默默支持著一線戰士衝鋒陷陣、向前走去。

一路好走，沒有疼痛

那天，又有一個標準主訴的奶奶被送來了。

長期臥床，喘，發燒，血壓不好。

低頭一看，她身上尿管連接的尿袋裡頭幾乎是乾的，表示腎臟也拒絕工作了。

不是個好預兆。

家屬早已做好了心理準備，我還沒開口，他們就說，別做那些插管壓胸了，讓她舒服一點。

我點點頭，家屬也肅穆地點點頭；在同樣的哀傷中，達成了共識。

奶奶大概也撐不了太久了。

因為症狀的關係，她被置放在隔離室，原則是愈少人接觸愈好。年輕可愛的護理師小骨頭忙進忙出，非常快速地找出了奶奶乾到抽不出血的血管，我則在旁邊等著採檢，一邊看著奶奶緊閉的雙眼。

不知她的靈魂，此時在想什麼？

看著看著，我忽然覺得，這奶奶好眼熟。

一查之下，她果然是個「回頭客」。

在隔離前室脫衣服整裝的時候，我開心地對小骨頭說：「欸，這個病人上個月來過，也是我處理的耶！」

「噢，真的嗎？」小骨頭一邊忙著掃檢體條碼、歸類檢體，一邊不得不應付我這話癆的醫師。

「是啊，她又來找我了！好有緣分喔！」

「的確。」小骨頭隨口敷衍。

「希望她今天晚上還能來找我聊聊天！」

小骨頭手上的動作停下來了，轉向我。

「妳發什麼神經？」

其實啊，我不信鬼神之說，但這個奶奶是個溫柔慈祥的人。若她真的願意來找我，在我作惡夢時陪伴我一會兒，甚至告訴我些她沒有完成的遺願，也挺好的，不是嗎？

奶奶啊，一路好走，沒有疼痛。

這裡，不是逞英雄的地方

第二階段愈演愈烈，從救護車上下來的病人，也愈來愈接近生死關口。壓力愈來愈沉，我的脾氣也愈來愈暴躁。血性被激發起來，偶爾，也會想打一下那注定贏不了的仗。

那天，太過年輕的我，與負責監督我的主治醫師拍桌子對吼。

「您就這樣把病人送到專責病房，上面人手這麼不足，不一定會照顧啊！不插管，您難道要讓她現在就死在我面前嗎？」

主治醫師一摔手機，帶著滿腔的狂怒指著我的鼻子——這是一向溫和的他第一次這樣對我說話──「妳現在插管，她上去一樣死在病房裡！腦子清楚一點！」

我氣得換氣過度。還想再爭，微微轉頭，卻看到了資深護理師的眼神。帶著悲憫，帶著溫柔與安撫。

年輕護理師則被診間忽然上升的火氣驚得退到了牆角。

我一下安靜下來。

這裡，不是逞英雄的地方。

我與主治醫師差了三十年的年資，也就是說，我們之間差了至少經手幾十萬個病例的經驗。

病人幾乎沒剩下多少肺容積的X光片，糖尿病、抽菸、慢性肺病長期沒有控制的病史，免疫太差的高齡，實證文獻上那插了呼吸器後低得讓人想哭的存活率。

我又豈不知道病人有多少機會？但是當年的醫療教育只教我無論如何拚一口

氣，卻沒有教我讓病人在如此狼籍的情況下，放她舒舒服服地撒手人寰。

我頹然坐下來，迴避了老闆與護理師的眼神。

老闆也不再說話，繼續忙著聯絡專責病床。

我看著X光片，那一個一個的小洞，猙獰地瞪著我。

它們好像在貪婪地說：給我吧，給我吧，她的靈魂我要收走了。

「我。」我低聲說，「去請家屬，與婆婆講講話吧。」

沒人回應。

在臺灣傳統裡，不讓家屬見親人一面就匆匆火化，是一件很殘酷的事情，但是，讓家屬進到急診室裡道別，其實存在遊走在灰色地帶的感染控制（感控）風險。

病人家屬必須從熱區穿越暖區再進入熱區，[6]交叉感染，很容易增加病毒傳播鏈。

但醫學豈能不講人情？

我這麼軟弱的人，又豈能阻止與生俱來的血水呼喚？

剎那間，我想起了喪屍片裡，那個站在崗哨上拿著衝鋒槍，接到了「不得讓任何人通過此線」命令的軍人。

有個稚齡孩童搖搖擺擺的走了過來，哭著求他，我餓了，我沒病，讓我過去吧。

軍人將槍口抬高了一公分。

防線就此崩塌。人類出現浩劫。

最後的折衷，是我把開著視訊的手機拿給病床上的老太太。

她重聽。通話的雙方不過講幾句話都要重複好多遍，她更是說幾句話就得緩一緩氣。

我坐在急救室外的椅子上等著回收手機，木然地聽著他們家長里短的對話：

市場有沒有開？

孫女喜歡吃的蒿菜還買不買得到啊？

你爹是不是還咳嗽啊？

藥在哪裡知不知道啊？什麼？不在櫃子上？我回家就拿給你啦！

我想，老太太不知道她快死了。

我也多麼希望，死神忘了在名單上寫下她的名字。

---

6 熱區（Hot zone），是嚴格控管的重度污染區，所有人員進出皆須記錄；暖區（Warm zone），污染減低區，人員進出須取得控制中心同意並著防護服。

準備戶外插管！

戰線拉長，每天監督大家的主治醫師，也就是俗稱的老闆，不再能在背後罩著不同分區的我了。

而我，雖然德、智、體、群、美沒有一樣達標，卻也是個名頭上的資深住院醫師。

坐在鐵皮屋裡雖然有種天高皇帝遠的爽快，但也有一種寂寞沙洲冷的孤單。

那天，我忽然想起《城南舊事》裡的一句話：

花兒落了，我也不再是小孩子了。

EMT弟兄跳下救護車時，長長的黃色隔離衣隨風而起，如同俠客的披風。

「醫生，他大喊胸痛！很喘！我們猜大概心肌梗塞！沒有家屬跟來！」

我衝向救護車。

一看之下，病人已經完全無法答話，

年輕男性，Air-hunger（空氣飢渴），全身冷汗，恍若死不瞑目地瞪著我。

「隔離室有沒有人！」我吼叫著。

「全滿！」資深抗煞過的阿芬護理師朝我吼道。

「那就在戶外處理！」

「靠邊不要在馬路中間！」阿芬護理師非常精明。

人的記憶很有趣。

師父曾一遍一遍抓著我的手，在假人面前練習了幾十次。

但此刻我只記得那些他耳提面命，「絕對不能做」的事情。

最好不要bagging。[7]

最好慢慢的用NRM，[8]直到穿全套防護衣的人來。

然而此刻我也清楚的意識到，如果什麼都不做，病人、馬上、就會、死在我面前了。

「準備戶外插管！」我大吼。

就算緊張的蜥蜴腦全速運作，我的意識在大腦滿載運轉的邊緣仍然感知到了，所有在戶外的護理師一湧而上。至少六個。包括已經換好衣服準備下班，經過現場的學姊們。他們一秒打上點滴，兩秒拉高擺位，三秒幫我架屏風隔離其他民眾，四秒，監測螢幕就開好接上了。

我非常優秀的暴走系學弟從安全區暴走了出來，大吼：「學姊妳要什麼設備？我去拿我去拿！」

然而，ＶＬ（影像式喉頭鏡）一挑起來，我傻了。

我毫無後顧之憂。

7 需要手動擠壓甦醒球的人工呼吸給氧方式。
8 能供給較高氧氣流量的氧氣面罩。

這是我這輩子碰到的，第一個，困難插管的案例。

而且是CICV，也就是傳統通氣進不去，插管也難插的案例。

那瞬間，我在內心爆了八百句髒話。

但是不能慌。

我慌了，除了大家一起慌，沒有建設性。

我唯一能做的，是默唸了師父的法號。

唸了三次，並說，師父啊，我很抱歉曾經在心中吐槽過不敬的話，上課也是能打混就不認真，但是看在我這麼多年幹盡蠢事娛樂您的分上，拜託保佑讓我救活病人吧！

接著，狠心無視於monitor尖叫病人已經脫氧的聲音，我將endo（氣管內管）折成了祖傳的形狀。

——一個打手煞車的手勢。

氣管內管準確地滑進去。

我的腿也在瞬間軟了。

在寫這篇紀錄時，我才想到去查了病人的預後。

他能跑、能跳、能走，目前正健健康康地生活著，與妹妹相依為命。

我覺得我死定了

這個故事聽起來英雄氣概十足，事實上並非如此。結束這回合，我整個身體都是軟的，全靠阿芬護理師與專科護理師幫我火速清出了一個正式的位置，才讓病人能在有尊嚴的地方續接呼吸器。她們快速的幫他採檢鼻腔、抽血打針、置放尿管，甚至連遠在天邊的主治醫師都開了天眼，幫我找好了加護病房床位。

完全沒有我的置喙之地。

閒下來就會胡思亂想。於是我走入換衣間，哀號：「我覺得我死定了！他雙側聽診都是鑼音，這肯定是肺炎啦！插管是風險最高的醫療行為，我疫苗還沒打滿十四天，我要死了，還沒寫完遺囑怎麼辦？」

「不會啦！」阿芬護理師用她特有的、如唱歌般的聲音安慰我，「去換衣服，休息一下。」

我被她安撫了五分鐘，然後換完衣服，躲到精神科會談室裡，撥電話給主任。

主任當時百分之百也是焦頭爛額，有開不完的會、畫不完的動線，肯定正在處理各種行政事務。我這個人天生不貼心，也沒管這麼多，劈頭就說：「主任我跟你說，我剛剛穿單層防護衣幫病人插管，他肺炎啦，上週還去過宜蘭，怎麼辦？」

主任在電話那頭沉默了整整五秒鐘。我猜，他那時肯定是在想：當年這麼多拿書卷獎的人來考我鳥巢醫院急診，我怎麼就收了這麼個廢物？

「呃，妳有戴N95嗎？」

「有啊，可是我只穿了防水隔離衣啊！」

「有戴面罩嗎？」

「有啊，我還有戴護目鏡！」

「那就還好啊。不要擔心，洗個澡，等檢驗結果出來再說。」

「不是主任你聽我說，我很怕連累身邊其他的同事，我明天放假一天好不好？」

主任再次沉默了五秒鐘。

這次肯定是在向天主禱告，賜予他足夠的勇氣，來面對這個又胖又肥、好吃懶做的總醫師。

「等檢驗結果。」最後他平靜地說，結束了這場對話。

當天晚上，我還是瘋狂的傳病人的胸部X光、電腦斷層給主任檢閱，每一次主任都答：這不像是COVID啦，這一張是肺積水啦，病史聽起來也真的不像；但這仍阻止不了我半夜四點爬起來看檢驗報告的決心。

快篩，陰性。

一採，陰性。

二採，陰性。

我激動的在床上跳來跳去，跳了大概有十分鐘，直到鄰居的狗狂吠起來，這才安心睡下。

多日來，我第一次作了個好夢。

醫生，妳／你覺得呢？

這天，送進來的是個五十多歲的摩登女子。

體型略福態，呼吸頗喘，血壓不穩。

年紀比我這陣子碰到的重症案例們略輕。詢問之下，她指天畫地地保證除了工作與家，哪兒都沒有去。

工作內容？在某知名大賣場為饑民們提供糧草。

堪稱抗疫時代好國民。

我踏著輕快的步伐，心中哼著小曲，幫她用篩檢棒捅了捅鼻子，順手呼喚了推著移動式X光機的放射科弟兄前來支援。

X光結果出來，我湊過去看了一眼。

心涼了半截。

全身壯碩，蓄滿鬍子，滿臉都是橫肉的半甲大哥，著急地在門口處湊進頭來四處張望，又被警衛推了回去。

被推回去時，他目露凶光，似乎準備神擋殺神、佛擋殺佛。

「大哥，」我顫巍巍地走過去，鼓起勇氣讓警衛去別的地方忙，「您妹妹可能是新冠肺炎，現在太喘了，肺部幾乎沒有功能了。」

大哥頓了一下。目光如炬地瞪著我，手放在腰間。

「妹妹說，碰到緊急狀況，她不想插管。」

大哥往前一步，我瑟瑟發抖。

然後，下一秒，我看到這個形似格鬥冠軍般的人，眼睛泛出了淚光。

這畫面極其震撼。

最後，他抽了下鼻子，眨了眨眼睛把淚水收了回去，但還是不斷地，不斷地，流了出來。

「你們家屬，要不要討論一下？」我不自主地放柔了聲音。

「我不知道。我不懂這些。」粗漢舉起刺著張牙舞爪某種吉獸的手臂，粗魯地抹一下眼睛。

「醫生，妳覺得呢？」

這可能是我短暫醫學生涯中最痛恨的一句話。

他現在心肌梗塞，要打抗凝血劑，但是有百分之二腦部出血可能，你們要不要打？

他現在腦中風，要打抗血栓劑，但是有可能腦出血，你們願不願意接受這個風險？

他現在敗血性休克，要打大支靜脈導管，但可能造成血氣胸，你們要不要打？

——「醫生，妳／你覺得呢？」

一般民眾怎麼會懂？

碰到我以前，他們可能作夢都沒想到自己或親人身上會發生這些疾病。

當然，我的醫學啟蒙老師，也就是專門做安寧病房的親父，告訴我這題最標準的解法，是把病人想成自己的父母親、兄弟姊妹，然後問問自己會怎麼做。

但我做不到。

我無法，也不願意想像我親愛的爹娘，虛弱的在病床上掙扎著吸氣。

最後，我只能虛弱地吐出一句話：「還有時間，您找其他家屬來。如果等一下真的發生了什麼事情，我們遵照病人意願，好嗎？」

壯漢沒回答，我也沒離開，我們泰山瞪螞蟻般，僵持了十秒鐘。

最後他說：「她我妹欸。我不許她放棄。」

語氣很倔強，眼淚卻沒能停下。

主治醫師問，為什麼不讓病人自己簽字就好？
答案很簡單。因為她的手，已經累到舉不起來了。
我向來詢問狀況的主任報告完後，最後加了句話，主任——我也好累了。

我心目中的真英雄

戰情太過沉重，我們暫時跳出這一場一場的人間悲喜劇，來談談那些我心目中的真英雄。

本院有許多分布在外科的女中豪傑。我在實習醫師時期就特別喜歡跟她們的刀，因為她們的刀法俐落乾淨，我這無能之輩站著拉勾，摸魚瞌睡半小時，一臺闌尾炎就開完了。

疫情爆發、全面篩檢的日子裡，不同個性與科別的醫師態度，有著非常鮮明的區別。

A病房會說，我們這個病房都是老弱婦孺，急診麻煩篩出雙陰再上來。

B單位會說，你這個快篩機率不準，我們等PCR結果。

C醫師會說，現在不是已經規定好了嗎？要連陪病家屬都篩完才能住院！

這些都沒有錯，我也都能了解。畢竟在大難之中，第一是保護自身安全，第二是保護團隊安全；沒有這些，再凜然大義，也一切免談。

但老實說，急診人聽到病人好不容易有床可上，但因為行政程序、篩檢結果，又得在急診滯留無限期，只能苦水往肚裡吞。

今天又是個這樣的日子。病人腸子扭轉打結，嘔吐得怵目驚心。診斷早已出來，是嚴重的腸阻塞，腸子已經有了缺血的症狀；而新冠肺炎快篩，則是陰性。

但在要推進刀房的那一瞬間，PCR報告出來了：弱陽性，Ct值三十出頭。

現場氣氛一陣尷尬。

「不然我們先入隔離房？」

「這樣家屬能諒解嗎？」

「我們二採看看好了，說不定是假陽性……」

這時，主刀的外科學姊拍案站了起來，嗓門力壓群雄，豪爽如同女俠。

「這Ct值早就高到爆表了，感染超久了沒什麼傳染力吧！有什麼不能開的？腸子都快壞死了！」

「什麼？感染科不同意怕染污刀房？」

「好，不入刀房！我們拖去一品廳開！那裡跟本院隔絕總行了吧？」

學姊背後似乎長出八片翅膀，頭頂還閃出了聖光，照得我眼淚直流。

一小時後，一品廳來電。

「欸我們醫師已經開完了喔，幫我們找張隔離床吧。」

我差點就跪在門口迎接。

古時所謂「颯爽英姿五尺槍，何必將軍是丈夫」，大概就是這副模樣吧。

一點五公尺的思念

雖然所有的醫院都拚命防守，感控事無鉅細，但還是敗給了病毒這陰險狡詐的怪物。

姊姊任職的醫院，有員工確診。

雖然事發地不是她任職的單位，她還是打給我：「妹啊，我們最近，有在相同的空間中待超過十五分鐘嗎？」

我連想都不用想，斬釘截鐵地說：「沒有。」

說完，雙方都苦笑了起來。

從五月疫情還沒爆發開始，我、父親與姊姊，任職於不同單位但同為醫護人員的三個人，就很有默契的分艙分流。

在家裡，我們從來都戴著口罩。

我們幾乎不講話，在Line上建了一個群組，叫做「一輩子都平安」。每天，大家輪流給彼此道早安、晚安，說冰箱裡有什麼可吃的，討論今天車子換誰用。

我躲在東廂的房間裡，吃飽再回家，回家就倒頭睡覺。

姊姊在西廂的臥室中寫論文、回公文，幾乎足不出戶。

母親在書房裡學英文、學財經，難得放下我們幾隻米蟲。

父親最誇張，在客廳裡面堆了個堡壘，一回家就戴著面罩，每次經過我都很想拿酒精噴噴他。

別說出門聚在一起吃飯玩樂了。就連我姊剪了個港姐短髮，我都是一週後才發現的。

門口放著酒精。

洗澡後開抽風，靜置半小時後再換下一個人。

我總算了解了，同處在一個空間，你還是能這麼想念一個人的。

我們家還算幸運，至少有空間讓我們保持社交距離。

我也非常幸運：常年處於一人飽餓不死的自由狀態，家人們也很有常識，不需要我三催四請去戴口罩、千攔萬阻不許去賣場搶貨群聚。

也因此，我都快忘記，有家室的前後輩們，他們該是怎麼撐過來的。

醫師群組裡，交換著解決方式。

南部的老人家現在來北部太危險，滿地爬的小寶貝們無人看顧。學校大放假，這群懵懵懂懂不知現況的小傢伙，沒人壓著，會好好讀書嗎？撒錢請幫手？短時間內要怎麼篩選出品質優良又沒有感染風險的保母？北孫南送？好幾個醫師家庭組成統一陣線輪流照顧彼此的孩子？同在臺北的親戚互相照應？政府的托嬰紓困？……大家都絞盡了腦汁。

諷刺的是，家中愈多從事醫職的家人，這樣的重擔，就更難以解決。

很多人寄託好了孩子，就決定自己搬出去住。因為每天看這個病毒傳染鏈的威力，實在是——

怕了。

「這是我選的行業，」前輩在社交媒體上說，「但是，禍不及家人。」

看得我心裡酸又痛。

什麼時候，助人救人，成了一種禍？

我只想變得跟你們一樣勇敢

那一天，人類又想起了被新冠肺炎統治的恐懼。

它們摧毀城牆，侵門踏戶，奪走生命。

而有一支軍隊，為了人類再次能夠互相連結的自由，誓言要獻出自己的肺臟。

上班時準備著裝的空白時間老是胡思亂想。偶爾就覺得自己拿錯了劇本。然後哼唱起那一首《進擊的巨人》的知名配樂，〈不情願的英雄〉（The Reluctant Heroes）：

沒有人願意早早逝去，而這對我來說太痛苦不堪。

我們的生命如此短暫，我想變得和你們一樣勇敢。

「胖鳥妳終於要崩潰了嗎？」老是擔心我精神狀況的主治醫師看到我蹲在地上太久，好心地發問。

「沒有，我差一點就找到生命的意義了。」我回給他一個自得其樂的笑容。主治醫師對我的古怪行徑已經見怪不怪了。他只是皺著眉頭，無奈地說：「要交班了喔。」

每天的著裝都是一個儀式。

首先脫去象徵著正常生活的便服，代表你已經進入生與死的結界；接著，穿上乾淨的值班服，將髮絲一根不漏的塞入寬大又醜陋的髮帽；再來，仔細戴上N95或P100，然後在口罩裡面拚命噴氣做漏氣測試；最後，穿上隔離衣。

跪下來將不必要的隨身雜物收入鐵櫃時，總是忽然很想禱告。

但很可惜，我並沒有信仰。

想了良久，我既誦不出《金剛經》的章節，也想不起哪位神祇的法號。

糾結半天，我忽然想起，昨天我在臉書上，看到了急診界的超音波大師，身處熱區卻依然忙裡抽空發明了新冠肺炎的超音波掃描方式，並且附上詳細的教學，期望能推廣給大家使用。

師父則每天都在換不一樣的保護裝，一套比一套潮，寫在群組裡與大家分享。

女神學姊永遠在關心每一個住院醫師是否在最好的狀態。若誰稍顯疲累之態，她便即刻上檔換手。

於是我苦笑著。原來，只有我，一直沉浸在恐懼裡面。

而恐懼本身，永遠比恐懼的事物，來得更加致命。

我沒有信仰，但是，我只想變得跟你們一樣勇敢。

於是我站起身來。

在戰壕裡瀕臨昏厥

時序卡在了立夏與小滿之間。氣溫熱得直逼體溫，人們彷彿被裝入一個巨大的蒸蛋箱。

我是不知道今年小滿有沒有產黑鯧與飛魚，只知道士林這一帶，蚊子與趨光性的大飛蟲，實在多到令人髮指。

醫院自動門一開，大概有半個巴掌大的飛蟲猛地衝入，嚇得我連退三步。鐵皮屋更慘，堪稱第一次世界大戰逼死人的戰壕。

若有只穿著單層隔離衣的後線在外支援，他們的後頸、臉部，往往被叮得密密麻麻都是紅包，還不能伸手去抓，怕會染污。

看診室門關上時，面罩因為溫差很大會起霧，你會連病人是男是女都看不清楚，更遑論讀取面相了；門打開時，已經很努力運轉的冷氣會一點用都沒有，你會熱得好像昇華到了另一個禪的境界。

你可以感覺到汗水的形狀。它們一顆一顆順著你性感的弧線向下流，來到衣衫最底層，打濕你的內衣褲，最後從褲腳滴出來。

本院一線急診醫師裡，最嬌嫩的大概就是我。

我清楚地記得，小滿那天，我真的了解到了病人向我敘述的「昏厥」是什麼感覺。眼前一片黑，感覺不到自己的手指，頭腦裡完全沒有血液供應——我隨時都有可能墜落在地上。真的是一秒鐘都撐不下去了。我撲到了冷氣前面，些微的冷風從面罩與隔離衣之間那道僅僅零點五公分、並不符合感控原則的空隙灌入。

但那不夠，遠遠不夠。

我轉頭衡量著與自己桌機的距離，想著力氣夠不夠撐到我去撥求救電話。

這時，身後傳來了救命稻草的聲音：「學姊妳是不是累了？我跟妳換！」

是厭世系學弟出現了！全副武裝，志氣滿滿！

此時他在我心中便是白馬王子。我簡直要磕頭道謝了。

即便如此，我還是得擺出學姊的莊嚴，嚴肅地點點頭。

「好的學弟，交給你了。」

然後閃移到乾淨區，刷的一聲撕開了隔離衣，還嘗試了好幾次才終於拆封，因為我從手到腳，全都在不自主地發抖。

一抬頭，那些已經出來室外兩個小時、從頭到尾包緊緊的護理師，還在像小蜜蜂一樣，走來走去整理衛材，幫病人換藥、打針、替傷口拍照、發回家用的口服藥、處理行政事務，偶爾還得應付大聲催促的病人與家屬，一刻都沒有停歇。

也許是注意到我的眼神，其中一個小天使抬頭起來，朝我瞇著眼露出了困惑的眼神。

我趕緊小聲唸了句「辛苦了，加油」，然後羞愧地又躲進了冷氣房。

小天使

說起這群小天使，我是真的覺得很震驚。

急診是一個需要高度體力與意志力的環境，更兼之，一忙起來大家脾氣都不好，互相大吼、譏諷、謾罵也是常有的事情。也因此，急診人還需要我這種厚臉皮，或者是心智強健、不畏指責的特質。

綜上所述，急診人員的流動率，不可謂不低。

但是，這次與我並肩作戰的護理師，很多真的都只是個孩子。二十出頭，面部沒有一點被社會鐵拳捶打過的皺褶，全身透著滿溢的精力與青春。

「不好意思妳說妳幾歲？我沒聽清楚。」

「二十一。」新來的小學妹害羞的說。

我是真的想哭。

一方面是哭我真的已經超過急診年齡平均值了；另一方面是，憑什麼，這群孩子剛出來就要面對這個危機四伏的環境？

有的人遠上北漂，大概是不敢回家的。他們是否跟我一樣，不敢與家人說，自己在最前方的第一線，正努力打這場好像節節敗退的戰役？

那時剛入三級警戒，回家的時候，我總是會經過那個曲路特別多、最適合展現車技、離警察局又有一段距離的路段。

有一群飆車族沒戴口罩，蹲在便利商店前面大聲談笑，抽著菸、喝著啤酒、攬著妹，時不時在香脣上啵一下。

「靠北啊！哩喜咧供三小？」

「不服喔？不服釘孤枝啊！怕了嗎？」

說完，一口檳榔汁吐在地上，摟著妹上了爆改機車，揚長而去。

這樣很酷嗎？

對比那些彎著身子，收拾滿地是血的骯髒棉棒的身影，我覺得，一點都不酷。

援軍到底在哪裡？

這個病毒還有一個恐怖的特點：它會快速吃掉醫療量能，占用其他病人的資源。

舉例來說吧，去年（二〇二〇）疫情還沒大爆發時，本院優秀的感染控制小組與醫師，掐指一算，建立了十樓當檢疫病房。接著，在同袍熊掌重磅出擊後的幾小時內，十樓就滿了。

緊急擴建九樓，B側病房，但還是跟不上病毒確診的速度。

隨後徵收了A側病房。才過一天，又被塞滿了。

於是又霸占了八樓。

那麼，這些病房原來的病人去哪了呢？

八樓原本重點收治腫瘤科與神經科。難道一夕之間，這些需要化療的病人都好轉了嗎？

更有甚者，這些病人們原本免疫就差，讓他們此時來醫院繼續治療，十個有九個，心理壓力以及健康疑慮，會更大。

退一萬步來說，就算是床位夠吧，人力要去哪裡徵調？

護理人力不足的問題已經浮上檯面這麼久了，大家推拖著不解決，現在可怎麼辦？樓上的一般病房醫師下來告訴我們，人力抽調的結果，大夜班就兩個姑娘照顧三十個病人。

僅憑意志力，這能撐多久？

幾個好不容易脫離苦海去追尋夢想的大小天使收到徵召，義無反顧地，又再次踏入了這扇易入難出的門。

醫師方面，急診人是咬牙死守擋在門前。但後方環境這麼艱苦，收上去的病人，又能由誰來照顧？

重症本來就是個艱澀、專門、報酬又低的行業，每一個辛苦養成的重症專科醫師們，此時，都疲於奔命。

十七年前SARS風暴時，有大老們想出了一個絕妙的主意：現在就是專科分得太細！才會導致有小科醫師躲在家裡，陷入人手不夠的絕境！我們現在一律讓醫學生們畢業再跑一年PGY[9]（後來改為兩年），去四大皆空的地方補充人力，順便增加基礎醫學照顧知識，之後才准他們到自己想要的科別去學習！

通常啊，醫學界這個階級分明的地方，上面發話，基本就定案了。

誰都沒料想到，十七年後，這個制度就要被用最殘酷的方法，接受最現實的測試了。

其實，我覺得，你不用逼迫。

也許有人是不情願的英雄，也許有人就是發誓要拯救地球。

不過，我可沒見到前後輩裡面，有誰是一被指派就辭職，或是被要求照顧傳染病人就忽然請了長假。

烏巢醫院的心臟科四個總醫師、兩個專科護理師、四個主治醫師（其中還有幾個是染疫高危險群的「老頭子」），全都跳下來照顧專責病房。

今天要簽床的時候，我忽然發現專責主治醫師居然是外科系的颯爽學姊。

眼科精緻嬌小的學妹、耳鼻喉科的美女同窗、家醫科的名媛風淑女，通通都站

9 PGY：醫學系學生畢業後，會先進行「不分科住院醫師」訓練，此即「PGY訓練」，全稱為畢業後一般醫學訓練（post-graduate year training）。

在了專責病房的門前，兩肋插刀。

在此補充一句：是的，本院美女就是這麼多。沒有疫情的時候再來掛號增加業績，謝謝。

我其實很不願意批評政策。因為我畢竟是政治外行，看不懂這潭深水，而外敵環伺，內憂難去，去年指揮中心[10]已經做得很好了。

但我必須誠實地說，我們醫院並不在最深的火坑中。公家的醫院，尤其是北市聯醫，已經不能用超量來形容了。

我不知道這群同袍每天是怎麼有上班的毅力與勇氣。床數只有我們的一半，確診病人收得跟我們一樣多。呼吸器沒了、床沒了，插管病人時好時壞，確診病人還是一直收置入院。每次都有指揮官或是高層在說，作為專責醫院，我們的能量還夠。但實際狀況，在其中者始終諱莫如深。更有甚者，水深火熱之中還有人添亂，沒事新聞就忽然爆出一個自以為猢猻的確診患者用棍棒破門而出，四處逃竄的消息。

在這樣四面楚歌的狀況下，疫區中的聯合醫院發出疾呼：

我們快倒了！

——但是我們又不能倒！他們心裡卻在這樣說。

我們倒了，這群病人，要到哪裡去？

總是有樂觀的人說，再撐一下，援軍就會來了。

但是援軍到底在哪裡？

---

10 國家衛生指揮中心中央流行疫情指揮中心。

希望這輩子，我們都不要再看到這樣子的急診

說到這裡，我還想提一群人，那就是前文說到的ＰＧＹ。

二〇二一年五月，是我當教學總醫師的最後一個月。

當年我在急診當ＰＧＹ的時候，就是因為當時總醫師的熱情，教我一輩子受用不盡的急救知識，還帶著我探索了超音波、脊椎穿刺、花式縫合的世界，我才決定留在鳥巢急診繼續打拚。因此我格外想要帶這群孩子，帶他們看急診刺激、有趣、能夠助人的一面。

雖然急診的未來岌岌可危。

但現下就連這個小小的工作，能力不足的我，都辦不到。

我不僅自身難保，每天的精力只剛剛好足以上班下班，教學就更不用提了。還因為人力不夠，PGY與專科護理師必須輪流執勤；每班的工作，就是坐在負壓室裡，重複著一個又一個的採檢。

這是多麼枯燥，卻又帶著一定危險性的工作。

他們每天要做的，就是用大聲公在寬闊的廣場上大喊病人的名字。有時病人很快會回應，有時病人沉迷在手機遊戲裡，你得像是閱兵一樣，在廣場上一個人一個人的搜查。

然後，你進入負壓室，戴上巨大的橡膠手套，隔著玻璃幫病人戳鼻孔。有時病人很堅忍，出了鼻血都不怕；有時病人會不斷後退，一邊說：「我還沒準備好！我還沒準備好！」

我不明白被採檢還要準備什麼？等待梁靜茹賜予你勇氣嗎？

更有甚者，不爽的病人，還會把篩檢棒，「鏘」地一聲朝ＰＧＹ或是專科護理師丟去，然後扭頭就走。

這一丟，就像是把他們的心丟到垃圾桶一樣，讓他們感覺自己的努力一文不值。

在收治確診病例的樓層，也有不少ＰＧＹ負責照顧病人。

我常常在想，剛拿到醫師執照、踏出學校的那一年，就像是進入新手村一樣。大家都還在探索醫院的一切，還在決定自己的興趣為何，還在學習怎麼處理值班時碰到的緊急狀況。

然後，當你拔出那把小小的、還沒升級裝甲過的劍時，才發現，迎面而來的就是大魔王。

我應該要保護、引領他們的，就像學長姊當年對我做的那樣。

然而，我卻沒有做到。

那天，我真的忍不住了，向與我搭配上班的PGY道歉。

「對不起，你們在這裡一個月，只學到怎麼採檢。」

PGY學弟很給我面子，笑著說：「不會啦，學姊，讓我們看到不一樣時期的急診啊！」

謝謝你給我這樣的答覆，學弟。

但同時我也希望，這輩子，我們都不要再看到這樣子的急診了。

先生，爸爸這個，是新冠肺炎

那天一來上班，門口就放著兩具棺材，一前一後，正要離開。這是急診的常態。我並沒有這方面的忌諱。

人走了，箱子裡，就是皮囊一具。無牽，無掛。

我並不知道，那天對我來說，是下一個階段的開始。

一樣是以一隻大兔子的造型坐在了鐵皮屋裡。當我從一排頭痛、喉嚨痛、咳嗽流鼻水的主訴中，看到了一個「頭暈，容易跌倒」，其實心裡覺得挺開心的。

看看不同的主訴、觀察病人的微妙變化，其實就是急診最有趣的一環。

阿伯站不起來，體貼的兒子推著輪椅，說：「他暈啦，抱怨很久了。」

我把阿伯向我拉近。他有點重聽，我幾乎是貼著他的耳朵大吼：「阿伯你跌倒，是雙腿沒力，還是一邊沒力氣？」

「就左腿，左腿抬不起。」他現場表演給我看。的確，其他手腳力氣還好，就左腳會抖、抬不起來。咦？右腿也差了一點點的感覺。

「暈到抬不起來嗎？」我再問。

阿伯仔細想了想：「沒有欸，就沒力氣！」

單從這幾句描述，我大概可以想到十個鑑別診斷。

其中最怕的，莫過於是中樞神經出血或中風。

「有發燒嗎？」我再問。

阿伯很可愛。他當場摸摸自己的額頭：「不知道欸，我摸沒有。你們剛剛有沒有量？逼逼的那個槍是不是量體溫的？」

我被逗笑了，無奈地搖搖頭，打開了記錄病人生命體徵的檢傷主頁。

體溫正常，但是另一個數值跳入了我的眼睛。

血氧濃度，百分之九十三。

我看了一眼阿公，又看了一眼兒子，兩個人都很期待的看著我。

在兔寶寶裝的遮蓋下，他們看不出我小小的腦袋正在凌亂又飛速的運轉。

不會這麼倒霉吧。

我念了這麼多文章，新冠肺炎頭痛比例高。但有哪一個病例是用頭暈來表現的？

算了，電腦斷層從頭切到腳好了，順便看一看肺臟。

快篩也給他捅一捅。不花幾秒鐘。

快篩出來了，陰性。

PCR也沒等多久，陰性。

但還沒能鬆一口氣，電腦斷層上的肺臟，又讓我心臟提到了胸口。

那一塊一塊，分散得很開，俗稱「毛玻璃」的肺部變化，又以萬年不變、勢在必得的猙獰，回望著我。

它彷彿在說：「哈囉，老朋友，又見面囉！」

放射科醫師雖然是看不見的後線，但也是既專業又高速的好夥伴，很快就打出了一份專業報告。

無法排除ＣＯＶＩＤ**肺炎之可能**。

就在這時，阿公，喘起來了。

他就這樣當著我的面，情況，急轉直下。

肉眼可見的惡化。

病程十分吻合。影像非常相似。其他報告也支持我的推想。

於是我揮揮手，請護理師先拿個氧氣罩給阿公，請病人兒子進來單獨與我詳談。

「先生，爸爸這個，是新冠肺炎。」

醫學倫理課教導的原則之一，就是一定要明確、有力的，給出壞消息。我看到兒子的表情，從不解、震驚，轉變成害怕。然後是免不了的無法接受與質疑。

「你們確診了嗎？妳確定了嗎？」

「是的，而且情況非常糟。」

我很幸運，這是位明理、冷靜的家屬。他很仔細地看著我被包覆著露出二分之一的臉，像是在搜尋什麼。我不知道他想從我的表情讀到什麼，但他肯定已經找到了，因為接下來，他伸手抹了抹臉，接受了現實。聲調已經帶上了顫音。

「那現在，要怎麼做？」

「我們會開始標準治療。你有其他的兄弟姊妹嗎？」

得到他肯定的答覆後，我繼續說：「爸爸很老了，以前就有過很多慢性疾病。你們有沒有考慮過，像這樣的狀況，插管、急救、電擊，這些侵入性的治療，你們要不要做？」

我們兩人，一起轉頭看向面前巨大的玻璃窗外，看起來挺健康、還在四處好奇張望、不太了解自己為什麼會被戴氧氣的阿公。

「我，我想想看。」

「好。」

我透過玻璃，看著兒子走向阿公，幫他扶正氧氣罩。一切就像是默片。阿公抬頭說了些什麼，我在想他是在問兒子，醫師剛剛說了什麼？兒子回答時的表情很輕柔，阿公也很迷惑，因為按照剛剛問診時說的，他「哪裡都沒去」，怎麼會得這個病？但是阿公也不會有這麼多傷春悲秋，心裡大概是在想，肺炎就肺炎吧，反正這裡是醫院，醫生會幫忙治療啊。所以他開始講些有的沒的，顯然已經跳脫他病情的話題。

兒子陪著他，坐在旁邊的輪椅上，緊緊地握住了爸爸的手。

他沒有回覆他的話，只是陪笑著。

大概他心裡此時已是一團亂麻。

我今天是帶爸爸來看頭暈的啊。

怎麼就變成新冠肺炎了呢？

一點也不快樂的快樂缺氧

這便是，我心目中的「第三階段」了。

這個狡詐的敵人，不再給醫師一眼就能偵破的線索：什麼發燒咳嗽流鼻水，什麼去過萬華、三重、茶藝館。

抗原快篩也不準了。初期的X光片病徵也輕微得幾乎看不出來；TOCC根本就懶得問了，因為雙北到處都是，問病人去過哪裡，對診斷並無幫助。

它們以另外一種姿態，蟄伏在你慈祥的爺爺奶奶身上，悄悄地在你摸過的欄杆、扶手上停駐，等到誰疏忽了忘記洗手、摸一摸臉，就興奮地一湧而上。

為什麼那個頭暈的阿公會是這種表現症狀？原因就在於網路上盛傳的「快樂缺

氧」。

不過最近，有人想把它正名為「沉默缺氧」了。

因為，那一點都不快樂啊！

很多疾病，譬如氣喘、慢性阻塞肺病、肺積水，在缺氧的情況下，病人都會明顯的非常喘。他們用盡脖子、肋間、腹部，每一吋能夠幫忙呼吸的輔助肌，想要爭取更多的氧氣。所以你常常可以隔著幾十公尺遠的距離，遠遠地一眼就看出他缺氧。

但很奇怪的，有一部分新冠肺炎的病人並不知道自己缺氧，甚至能走、能跑、能出門購物。直到某個時刻，你的血中氧氣下降到某一程度——每個人能接受的不一樣——就會忽然出現一些身體不舒服的症狀。

譬如：頭暈、拿不穩東西、胸口有一種怪怪的感覺。

更有甚者，你在大馬路上走著走著，就昏過去了。

這個現象背後的理論，截至我寫到這段為止，還眾說紛紜，沒有一個統一的解釋。

但一線的醫護很快就注意到這種狀況。

一位超資深的醫師說，昨天上班一位五十多歲的男性，自己穿越封鎖線，中氣十足地說有點喘、不舒服。本來想說一點點不舒服，勸病人回家休息就好，免得反而被染污，沒想到檢傷天使很盡責的一量血氧，七十左右。趕快掛號。

「第三階段」，我們就是在跟病毒這變得更聰明的混蛋，鬥智鬥勇。

「醫師，我最近累累的，是不是加班太多，肝不好？」

不，你是新冠肺炎，沒氧氣了，才會一直想睡覺。

肝的問題，等你肺炎好了，麻煩去找你老闆解決。

「醫師，我也不想麻煩你們，但是最近指甲顏色有點怪怪的，有沒有關係？」

一看到那發紺缺氧的指甲色，我的臉也跟著發紫了。

「醫師，我看網路上說的，每天醒著都要用力快速的深呼吸，就不會隱形缺氧了。我照著做了，可是現在覺得好喘，四肢好麻，是不是發病了？」

不，你這叫做過度換氣，網路偏方少看一點就能藥到病除。

雖然「隱形缺氧」這件事情一爆開來，急診馬上就應聲多了一些自覺缺氧的客人，而且往往都是虛驚一場，但我真的不怪他們。

因為就連深夜沒人可以聊天的時候，我都時不時覺得自己好像有點喘、胸口有點悶。最後，我終於放下尊嚴，跟老爸要了一臺他三十年前當實習醫師時買的血氧機，每天夾一下，看到那個漂亮的百分之百氧氣，才敢放心地睡覺去。

戴護目鏡時，你不能哭

急診通常是提前排班，而我沒有預知未來的能力。所以，二〇二一年五月我的班表，幾乎都集中在了熊掌篩出奇蹟之後，該月最後一週更是連上了六班。

連上六個有疫情的急診班是什麼體驗？可能只跟瀕死體驗差了一點點。就像是一場沒完沒了的游泳比賽。你奮力的掙扎，希望能看到終點。一開始能游得很快，還能緩出餘裕時不時跟同伴說個冷笑話。到最後，愈游愈遠，就愈沒有力氣；看愈來愈多你背負著的人死去，就愈發現自己的無能，幾度都想要停下來，讓大海就此將你滅頂。

在這樣的情況下，我的心理，變得脆弱不堪。

那天，我跟一個婆婆討價還價，說明她的狀況真的不需要在疫情這麼嚴峻的狀況之下住院。講到夕陽都西沉，學姊都來跟我交班、換我進戶內吃飯了，婆婆才忿忿不平地起身離去。

臨走前，她丟下一句：「查某人就是雞掰！當什麼醫師！」

坦白說，我在急診混了三年，聽過比這難聽上百倍的話。但是穿著兔寶寶裝悶熱著，護目鏡緊得我眼睛都痛了，N95口罩壓得我耳朵都要出壓瘡；那一刻，她不經意的一句惡意，終於讓我到了極限，委屈地掉下了眼淚。

眼淚模糊了我的視線。我完全看不清楚病人清單，幾乎無法交班。

這一次，我學到了，戴著護目鏡時不能哭。

因為眼前會一片霧，而穿著兔寶寶裝，你擦眼淚會染污。

妳為什麼坐在這裡？

斷斷續續的交完班，也幸好學姊以為我只是累了，沒多為難。

進去忙了一陣，又處理了幾個病人，那句惡意的話，卻還在耳邊縈繞不去。

我已經沒有吃飯的胃口了，於是又回到室外。

即使已經入夜，那置身蒸籠般的氣溫，還是讓汗水不斷地湧出。

蒸發吧，蒸發吧，把我的眼淚一起帶走。

「妳為什麼坐在這裡？」外面一群剛出來接班的護理小天使好奇地看著我。

我的個性古怪，並不是很會跟人相處。

再加上我玻璃心，又常常在工作上的細節上給人添麻煩，所以，也不太容易在工作外跟同事們打成一片。

也因此，通常這種小事，我都不喜歡說出來。

我只是搖搖頭。沒有答話。

「妳看起來很難過欸。」

有這麼明顯嗎？

我苦笑著說：「我的臉長得就是這副死鬼相。」

「妳很難過。」他很肯定地說。這個長相俊美、像是希臘神話中的蓋尼米德[11]

的男性護理師，天生就很能共鳴人類情感，也因此常常能安慰病人。這次他安慰的對象，是我。他不管我全身是噁心的汗，走過來，給了我半個抱抱（因為抱一整個會染污）。

「妳不要難過喔。」

我哭得更慘烈了，拚命的點頭。

接下來，他們開始工作。

我仍呆呆地坐在花圃邊緣，什麼事情都不想做。

我不再覺得自己有價值。一切努力都是徒勞。

而這群小天使，雖然忙碌，還是敏感地，注意到我像是個路障一樣擋在那個死角，明顯是出了什麼差錯。

不確定要跟我說什麼，但是他們一個一個，輪流坐到我這個花圃裡的怪物身旁。

一坐就是數十秒，甚至幾分鐘。

大多時候，誰也沒說話，即使出現大段的空白與尷尬，也沒差。

最後，我沉默地滴完了淚水，而下一臺救護車也到了。

我起身迎敵，這群小天使，才一窩蜂地，又散去工作了。

---

11 蓋尼米德（Ganymede）：特洛伊王之子，是個絕世美男子，因其美貌被宙斯帶到天上。

一點寬容，一點體諒，一點愛

當然不是每個民眾都充滿敵意。

大概有一半比例的病人，都像是疫情開始前的臺灣人，友善、團結、彼此尊重。

有些輕症病人只是等著我看X光，被我遺忘了幾小時，直到我急救了個重症病人出來才默默想起他。他從白天等到夕陽西下，居然沒有抱怨，沒有急迫，只是點點頭，感謝了我，然後繳費默默離去。

有的小朋友連續腹瀉發燒好幾天，全身缺水，血管一打就破，又細又扁就是打不上點滴。護理師急得滿頭冒汗，父母卻罕見地不埋怨，只是努力地抓著孩子不讓他掙扎，一邊充滿歉意地說，不好意思啊，踢到你們了。

有次我宅在家裡網路購物，待貨送到後，發現裡面竟然附了一張紙條。上面寫著：「我發現妳是醫護人員，這筆訂單，我給妳全免退款。辛苦了，加油。」

烈焰當空，不少病人等到口乾，溜出去買了水。我看有個女學生買了好幾瓶，還以為她是預期自己會等很久，沒想到，她將水分給了坐在她附近、素昧平生的老爺爺老奶奶；分發前，她還特意用酒精洗了洗手。長輩們通常行動不便，又怕錯過叫他們檢查的時間，不敢離開。

這瓶體貼的水，不啻是沙漠中的甘泉。

一個不知哪個世紀蹦出來的老人就是不想戴口罩，趴趴亂走。護理師疲於奔命追著他要阻止，沒想到半甲壯漢與熱心路人更猛，一路將他逼到了封鎖線之外。

一點寬容，一點體諒，一點愛。

我想像著，這些美好的元素，也許能讓千瘡百孔的臺灣，一點一點好起來。

連顧死人的職業也不安全了

這一天，我在排隊蜿蜒的人龍裡，看到幾個顯眼的人。

之所以顯眼，是因為他們都穿著葬儀社的制服。

原來是昨天我們搶救的「到院前死亡」案例，搶救無效後，檢驗出來竟然是新冠肺炎陽性。根據傳染病防治法，遺體必須火化，而這些送行人開始有些喉嚨癢癢的，決定來篩檢。

晚上，我與任職其他醫學中心的摯友視訊聊天。

「現在連顧死人的職業也不安全了。」我感嘆。

「遺體的採檢也是你們在做嗎？」

「院前死亡的是啊。不過葬儀社的朋友們後來決定不採了，自我隔離，決定回家觀察幾日。」

那頭一陣安靜。

我試探性地敲了她幾下，她過幾秒鐘才回：「我剛剛以為妳說的是觀察遺體幾天有沒有症狀，還認真的想了一下要怎麼操作，抱歉啊。」

說完，我們兩人一起充滿辛酸的，笑了起來。

OHCA！OHCA請準備！

從那時起，院前死亡且驗出新冠肺炎陽性的案例愈來愈多，是不爭的事實。

有時，我覺得自己彷彿一秒穿越到古時成為仵作，撫摸著鬍鬚驗屍。

家屬哭著說，前幾天他哪裡都沒去，也沒抱怨哪裡不舒服。

病人全身沒有可供推理的紅斑，超音波下也沒有胸腹的積水。

病毒殺人於無形，被害者全身沒有半點傷痕。

陰轉陽，陽轉陰，運起神功來，讓人霧裡看花。

但是院前死亡，容不得想太多。

這是一條命啊，還是一條一瞬間就可能溜走的命。

救不救？要是有希望，拚盡全力救！

強心針一劑接著一劑打，管子插上後氧氣一口跟著一口給，肋骨被壓胸機壓得一根接著一根斷。

急救過程就是這麼強勢、野蠻，與死神拚命拔河；不到最後一刻，絕不放棄。

然而現在，新冠肺炎給我們這群蠻族帶來一個絕大的隱患：每個躺倒送來急診的人，都有新冠肺炎帶原的可能。

壓胸機器一刻不停。每壓一次，大量可能帶著病毒的氣溶膠就噴出來一大口；插管通氣時，嘔吐物到處噴濺；我們嘗試著將小小的管子滑入氣管，而氣管就直接連接著存滿病毒的大本營——肺臟。

我們只能盡力準備好自己，但是大多數人包括我，用的是N95外罩，外面再加上外科口罩與面罩。

N95的意思是：口罩製造商拍胸脯跟你保證，這口罩有百分之九十五以上的過濾率。

剩下他們無法保證的百分之五，就只能靠平時扶太太過馬路積攢下來的陰德來硬撐了。

那日，廣播裡又是冷峻的播報：「OHCA！OHCA請準備！」[12]

我扔下嚼了一半的燕麥棒，走了出來。

果然上班時間不能偷吃東西，會有報應。

本院急診主任有云：上班時口罩如內褲，一定要穿好。

我走到大門口，開始掐指運算：

第一、先判斷天時。此時交通高峰，送來肯定要花一點時間。

第二、再看看地利。一看之下我幾乎快哭了出來。能夠處置「高度疑似新冠陽性」患者的隔離室沒空；急救室裡也躺著疑似病人。室內那些有設備的地方，能夠不污染其他病人的空間，幾乎都被占據了。

第三、團隊籌建的人和。默默出手的資深護理師，不知從哪兒冒出來，正在替我們報告現在時間、準備用具與物品；外圍有個跑來跑去幫忙推設備的幻影貓護理師；還有一個年輕但也見過大場面的孩子，摩拳擦掌拿著點滴針頭蓄勢待發。

更令我安心的是，厭世系學弟聞聲而動、出來幫忙。我拜託他先去著全套兔寶

12 OHCA：到院前心肺功能停止（Out-of-Hospital Cardiac Arrest），泛指病患在到院前已心肺功能停止，醫護人員仍有機會施予心肺復甦術，不代表病患死亡。

寶裝準備插管，自己則穿著單層隔離衣，先來探探敵方虛實。

天時、地利、人和，清點完畢。

戰前，我們與死神的優勢，似乎倒向了死神那一邊。

咬著牙，我想，來就來吧。

我問主治醫師：「老闆，現在要移動隔離室跟急救室的病人，都來不及。你要決戰戶外，還是放哪兒？」

學長發話了：「要給人家一些尊嚴，推候診室。」

雖然候診室早就在上一波規劃中被劃成了暖區，一排一排舒適的候診椅早已被推倒天邊去了，但是將長相凶橫的急救設備，放到幾週前還塞滿悠閒等待看診、吃瓜子、喝水、幫手機充電的家屬與病人的候診區，還是有種超現實的感受。

OHCA病人進來的時候，陣仗永遠比別的病人來得喧囂。壓胸機殘酷的機械音非常大聲，大到EMT弟兄只能更拉高嗓音彙報現場狀況。護理師清脆的聲音穿透了這些噪音，大聲播報病人進入我們醫院的時間。因為不是在標準急救室，沒有鐵門隔開醫護人員與家屬，病人的兩個成年孩子的哭聲與哀求，重擊人心。

眼看著孩子都要不顧一切衝進來，我也顧不上禮貌了。大聲喊著：「警衛愣著幹什麼啊？拉圍簾來！」

抽空，我抬頭看了一眼候診區的時鐘。時間很重要。每兩分鐘暫停壓胸，檢查一次生命體徵。

第一次暫停，我看了一眼監視器螢幕，心就沉了下去。我喊了聲：「Asystole！」意思是，心律呈現完全一條直線。

第二次暫停，我的心更涼了。超音波探頭底下，已經有空氣回流到了肝門靜脈之中。醫學期刊上說得很客氣，一旦出現這種現象，就是「poor outcome」（預後很差）。

第三次暫停，手腳非常快的護理師遞給我第一份抽血報告。靜脈氣體顯示，病人的身體酸鹼值下拉到六點七，二氧化碳堆積嚴重。

我咬著牙。

可能，可能，回不來了，但我還不想放棄。

既然是二氧化碳堆積，那我還有一個武器。

說人人到。

厭世系學弟著裝完畢，以穩重的態勢走上前來。

厭世歸厭世，他的技術卻是住院醫師裡排行最頂尖的其中之一。原因就在於，他不容易慌張。

不管是天生的個性還是後天的修煉，他身體力行：愈是危急的當口，愈不能急。

只見他百分之百按照師父祖傳的密技，可能也在心裡默唸了他法號三次，然後，靠著師父教學使用的標準工具，隔著一段安全的距離，在幾秒內，就將氣管內管優雅地滑入了該到的位置。

開始高階呼吸道供氧。

「好擠嗎？」我問。得到護理師肯定的答覆。

「那就擠快一點！把二氧化碳洗出來！」

這是最後一搏了。

就這麼僵持下去。

時間來到了病人送入醫院後的二十分鐘，汗水滴落在每個人的胸口。我往外瞥去時，發現送人來的EMT也沒走，也還在等最後的結果。負責報時的護理師聲音還是那樣的溫柔：「暫停壓胸，檢查脈搏。」

那一刻，我知道，我輸了。

探頭底下，心臟完全沒有在動。血流凝滯。毫無生機。

我抬頭，與厭世系學弟對望一眼。兩人心裡都已經明白了。

圍簾外面已經亂成一團。

我的暴走系學弟剛剛很拚命地幫我們擋住往裡面衝的家屬，一邊解釋，醫學上無心跳急救就是三十分鐘，很殘酷的，超過這個時間，希望非常渺茫，而且就算救回來，幾乎都會成為植物人。

暴走系學弟是理智科學派的堅貞信奉者，但病人家屬此時毫無理智，說什麼都只聽進去十分之一，毫不講理；尤其病人其實並沒有什麼過去疾病，要他們忽然就道別，他們當然做不到。

圍簾拉開，我瞧見男性家屬腿軟，往地上一直跪，質疑著我們什麼都沒有做。嘴裡喊著，你們怎麼那麼殘酷？那麼冷血？時間一到就停？

女性家屬不斷懇求著，再一下下好嗎？再一下下好嗎？爸爸還沒看到！

雖然很心疼他們，但我也很心疼躺著的病人，她的心臟一次又一次受到重鎚，肋骨已經爛得如同軟膏。

她被吊在了俗稱作「陰陽魔界」的「twilight zone」。

上不了奈何橋，去不了天堂殿。

資深的護理師溫柔地提醒我，三十分鐘到了，就停嗎？

我此時也有些手足無措。孩子們若始終無法接受，我就這樣放手，就實際考量，是有可能產生醫療糾紛。往情感方面來看，孩子可能一輩子都會有一個錯覺：如果當時再堅持一下，也許媽媽就會活。他們會一直活在遺憾之中。

左思右想，我深吸一口氣。走過去。

自我介紹，我是急診總醫師，敝姓胖。

聽到這個頭銜，他們稍微安靜了下來。

我拉開圍簾，仔仔細細地，讓他們看到那災難般的現場。

到處是血，灑一地的醫療設備，尖叫著不停工作的機器，還有一個小隊的成員，拚上命般的跟死神搶奪著病人。

我把機械壓胸機按掉，指著呈一直線的螢幕。

「我們不做任何處理，她的心跳實際上是停止的。」我對他們說，「實際上，她已經走了，我們還在傷害她的軀體。每壓一次，她的身體就受到一次傷害。」

孩子們不再說話，只是默默流眼淚。

「我們不要讓她再受苦了，好好送她最後一程走，好不好？」

「可是、可是，我爸爸還沒看到！」

此刻，遲鈍的我才搞清楚了。

孩子們害怕的事，不是媽媽要走，而是爸爸沒有見到老伴最後一面。

「你看，管子插得到處都是，她身上全部是血，爸爸看到她這麼狼狽，會受不了。我們等一下，把她整理得乾乾淨淨，讓爸爸看了，不會這麼心疼，好嗎？她一定就會在這裡等著，說不定還在聽我們講話呢，會等爸爸來，安心了再走，好不好？」

孩子們聽完，如釋重負。終於，很輕很輕地，向我點了點頭。然後，向我們的團隊，用力鞠了一個九十度的躬。

「謝謝你們！」

我也回敬了九十度的禮，但心中空蕩蕩的，好像被挖掉了一塊什麼。

我什麼都沒做到！

又一次覺得，在死神面前，我是多麼的無能為力！

我到底，有什麼價值？

唯一還有一點價值的事

俐落的護理師收好了遺容，擦除那些血液，將溫暖的棉被裹上來，輕聲說，阿姨，不好意思，我幫妳拔個管子喔！不好意思，我幫妳拔個針喔！不痛喔！

根據規定，氣管內管要醫師負責撤除，尤其是在這個高危險的時刻。

我將Kelly夾（止血鉗）遞給厭世系學弟，果然，學弟以標準專業的步驟，拆除了管子，死死打了幾個結，丟到了染污垃圾桶裡。

然後，他忽然問我：「學姊，妳覺得她有可能是陽性嗎？」

我頓了一下。

這才發現，原來，學弟的心頭，在剛剛整個急救的過程中，可能一直懸掛著這個沉甸甸的擔心。

但即便如此，他還是從沒背離自己的專業素養。該怎麼做，就這麼做。

那時我明白了。

這就叫做勇氣。

他問我這個問題其實有點無厘頭，因為我又沒看到病人的X光，也沒有鐳射眼，怎麼可能知道陽性不陽性。

他大概也只是想求個心安而已。

「不會啦，」我皺著眉頭假裝不耐煩，「哪這麼倒楣！」

後來，也許是平時扶老太太過馬路的次數還夠多，這位奶奶的採檢結果，真的不是陽性。

我鬆了一口氣。

走出門正要去透透氣的時候，婆婆的老伴終於趕到了。他連走都走不動。坐在輪椅上，兩個孩子跪在他膝蓋附近，柔聲勸慰。片刻，攢夠了勇氣，他一步一挪近，來到了老伴身邊，死死抓住她冰冷的手。

我不忍再看，正要離開，老先生忽然說：「醫生，醫生，妳確定她死了嗎？我覺得她還有脈搏，一跳一跳的！」

孩子們此刻是相信我的，也很怕給我們醫護人員添麻煩。他們盡力勸著：「醫生他們一定都很確定了啦，爸，不要亂說話。」

老先生還是很堅持：「你們有確定嗎？很確定嗎？」

此刻我也學會了。

這個老先生想要的，同樣也是一個心安罷了。

於是我走過去，摸了三秒鐘的橈動脈、五秒鐘的頸動脈，最後翻開眼睛，用筆燈照一下婆婆的眼睛。

最後，我莊重地向老先生鞠躬：「是的，她已經走了。跟她說說話吧。」

老先生點點頭，將老伴的手抱在懷裡，湊到了他的臉頰上。

今天，我覺得自己做的，唯一還有一點價值的事情，就是此刻了。

只有你們的燈是亮著的

說一個有些敏感的話題。

因為各種不好明言的原因，有一陣子，各大急診紛紛關門。有時是輪流關門熄燈，有時是毫無預兆全部一起關門。就連我們醫院，也曾經因為氧氣床用完、隔離室被占用、不小心把陽性病人放到風口、廢物總醫師快昏倒了等種種原因，通報滿床、清消（清理消毒）兩小時。這兩小時內，大家也不是翹腳喝茶嗑瓜子，而是盡力將手頭上的病人理出一個頭緒。

這個過程對我們來說，就叫做「喘氣的時間」。

本院座落在臺北相當北部的地段。雖然如此，有時還是會發生急診救護車從北市南端開到本院，竟然沒一間醫院急診能夠收車上病人的情況。

有幾位EMT弟兄在臉書上寫得字字血淚。

都聯絡好了轉送確診病患，開到某醫院門口，卻因為這間急診不久前湧入大量病患，要塞受到重擊，計畫趕不上變化，真的沒辦法收了。只能在市區繞來繞去等待指示，如同孤兒。

還有安養院居民發燒不適送到合作醫院，不小心篩出了陽性。小醫院設備不夠，不敢收陽性病人，原裝退回去安養院。安養院嚇壞了，但附近的醫院處處都沒床，聯絡了好幾個地方，才找到有足夠能力收治的大醫院。

更甚者，雖然是某醫院的老病人，但是某醫院近來擠爆，急診就是不收，因為床位不夠（或其他理由，我沒有認真聽）。EMT弟兄只好根據就近適當原則，轉送過來本院。問題是，舊病歷沒有拷貝過來，他已經癌症十五年了，你要我從頭做一次全身檢查嗎？

我是真心相信這些醫院，絕不會故意拒絕病人的。

還是那句話：首要保護自己，再來保護團隊。做你力能所及的事情。但這實在很難不讓人擔心未來的醫療狀況。

那天，我接到一通來自臺北市災害應變中心，也就是協調救護員單位的電話，那頭疲憊的女音用一種極端絕望的聲音說：「我們這邊有一個確診病人喘起來，你們那邊可以接收嗎？」

我左看右看，想著至少自己手上好像沒什麼病危的案子，就以愉快的聲音答道：「好啊，可以喔！」

我永遠都記得，電話那頭居然傳來一陣歡呼：「欸欸欸，鳥巢醫院可以欸！快送去鳥巢醫院！」

這時我才想起，其實我應該先去徵詢主治醫師的意見。於是我急忙大喊：「等、等，妳等我一下！」

啪。電話掛斷。

嘴快一時爽。

我哭喪著臉報告了主治醫師，主治醫師捧腹大笑，目送我認命地去著保護裝。

幸好送來的病人其實只是燒起來有點喘，不太嚴重，而且跟車的EMT大哥還有點帥。

算起來，真沒虧本。

這狀況持續幾天後，EMT弟兄苦不堪言。與一個確診病患待在狹小的空間，不但得穿著悶熱異常的標準防護服，還要等醫護掛好號才能離開去喝水上廁所。光想像，就覺得那不是常人能夠忍受的艱苦。

於是，英明的高層在討論之後，想出了一個錦囊妙計。

「以後急診要停止服務或拉紅布條清消，一定要報請副院長同意並登記才能實施。否則，有犯法疑慮。」

好有效的命令。

都搬出法律來了，效果簡直是立竿見影。

救護車在我們醫院前面排成了長隊，逼得我苦中作樂物化男性，就當在欣賞猛男秀了。

還沒從那個英明的決策帶給我的震驚中回過神來，我又在看記者會時受了一次暴擊。

專責病房開得不夠，評鑑降級；專責病房沒收新冠患者，健保不給付。

專責病房是說開就開的嗎？又不是在汽車旅館開房間。這就像是在戰區新開了兩個基地，但是彈藥呢？士兵呢？基地堅固符合標準嗎？光是躺床就能治好病人了嗎？

然後，現在世界上是沒有新冠肺炎以外的疾病了嗎？如果是高度懷疑的肺炎病患一採陰，但要二採、三採才能確定，算不算新冠患者？最後採出來陰性，健保是買單？還是不買？

在這邊說一句：我才初出茅廬，涉世未深，也沒有什麼政治頭腦。我也覺得，這些統籌大局的人，已經盡了最大的力，血壓都不知道升高了多少。後續我看到許多熟悉、尊敬的醫師的辯論，也知道，這些政策還是有一些道理與價值在的。

但是這樣的道德控制與高壓手段，實在是太傷站在一線的我的玻璃心。

我不由得想到去年剛開始傳出疫情的時候，我午飯吃到一半，忽然就聽到自己挺尊敬的部長毫無預兆地宣布：不准醫護人員出國。

像是犯了什麼錯一樣，我頃刻就被剝奪了人身自由。

我能理解他說，我們是一種資產，要小心保管。但高層的表現方式只讓我覺得，自己是一顆小小的棋子，而不是一個有血有肉的人；你想放哪兒，我就得乖乖站好。一聲令下，我們就得頂著槍林彈雨，一線衝鋒。

怪誰呢？當初這條路，還不是我自己選的？

後來大概是反彈聲音太大，那陣子拍了個宣傳片，美妙的音樂，俊男美女輪流說「醫護加油」；全國醫師都收到了一張薄薄的獎狀，說感謝你們的奉獻。

然而這些，都抵不上檢傷護理師轉述給我聽的話。

EMT大哥說：「今晚，就只有你們鳥巢醫院，是亮著燈的。我們就往這裡送來了。」

在同伴的陪伴之下，大夜裡，我們盡己所能的，亮起了螢火之光。
這讓我覺得自己的努力，好像還有，這麼一丁點的價值。

生殺予奪的滋味

繼續一些敏感的話題吧。

當年，考醫學系的時候，口試有一系列的題組叫做「醫學倫理」。

我還記得，那時我被問的考題，包括什麼「十元掉在地上撿不撿」這種幼稚園的類型，還有經典的「電車難題」：如果開著一輛失控的火車，你會選擇撞死五個違規在鐵路上遊戲的頑童，還是拐彎到廢棄鐵軌上，撞死一個只是路過的無辜孩子？

考進醫學系後，這門課還是如影隨形，只是問題更實際了一點。

如果家屬堅持要求搶救，但昏迷的癌末病人早就在還有意識時簽了放棄心肺復甦，你救還是不救？如果有新發明的技術還在實驗階段，但病人已經沒有時間等待完成臨床實驗，你用還是不用？

這些問題當時真的離我好遠。我一直以為，直到當上主治醫師，有這種生殺決定大權的時候，我才會真的需要處理這些困境。

我錯了。

去年義大利疫情崩潰。有個誠實的醫師在推特上說，呼吸器就剩這幾臺，你要給先來看病的老人，還是拔下來給比較有機會活下來的青壯年人？

今年，醫院內部也有人在問，已經確診陽性的case忽然在院內瀕死了，在生存機率幾乎不存在的狀況之下，是否要冒著氣膠擴散的風險在僅剩的公共空間急救？

不說這些敏感的話題，單是說送病人的動向問題好了。

這個病人採檢陰性但是CT[13]像是社區肺炎，傳送人員穿雙層隔離衣上去還是單層？要不要請清消跟著上去？雙層隔離衣資源有限，彈盡援絕時會大家一起滅頂；單層又怕傳送人員防護不夠，進而流動污染整間醫院。

病人採檢陽性但是症狀十分輕微，職業是計程車司機。本院病房早就不夠了，你要放他回去，相信人性、讓他自我健康隔離，還是無論如何等到天荒地老，就是要有床空出把他隔離個幾天？

有的時候，拿不定主意，我還可以喊聲「老闆救我」，但不久後，因為急診虧錢，我們的人力被縮編了。

老闆時常在忙，現場就剩我最大；所有人都看著你，等著你的決定。

13 電腦斷層。

我不懂從古到今，為什麼大家喜歡爭權奪力。
這種生殺予奪的滋味，太痛苦了。

困在自己的心靈裡面

這一天，輪到我守外科。

剛上班我就傻了。平平是個週末，哪來這麼多外傷？

政府都下令禁足了。大家不是都應該乖乖的在家裡休息嗎？

處理完了趕去買菜而摔傷手的阿姨、沒看到坑洞騎機車自摔的少年、使用公園器材時拉傷手的孩子，我才發現，我太天真了。

待在家裡，一樣會受傷的。

菜刀砍到手。

小朋友在凳子上學超人飛行。

夫妻可能禁足太久，相看兩厭，一個鐵沙掌擊碎了旁邊的玻璃，鮮血四濺。

這傷口可真太難縫了，還得一片一片把玻璃挑出來。我一邊縫，一邊還得聽著夫妻兩人碎嘴。

一個說都是你害的我，另一個說對不起；一個說，看你還敢不敢不聽我的話，另一個說，不敢了不敢了；一個說，你看我不能煮飯了，另一個火速答道：待會我就給妳買妳最喜歡吃的小南門豆花。一個說，哼，算你乖，這次原諒你。另一個如釋重負：愛妳喔。

這風向轉得真快，快到我被迫吃了一臉狗糧，還縫到手快扳機指。

我無奈地想，都回家甜甜蜜蜜去吧。誰知道快樂的日子還有多久。

這班上到最後，我倒是注意到了一個問題。

去年疫情延燒全球的時候，有人統計過，哪一個科別病人數上漲得最快。

答案是：精神科。

本來就已經有抑鬱因子的人，平時還能出門運動，曬個太陽，增進一點血清素與多巴胺，或找個朋友去吃最喜歡的大餐。跳脫出獨立的環境，就能暫時忘卻煩惱。而現在，哪兒都不能去，只能困在自己的心靈裡面，愈纏愈緊。

打開電視，舉目所及到處都播得像正遭逢世界末日。

到最後，那澎湃的情緒吞噬了他們，無處宣洩，只能讓自己身上多了一條一條自殘的疤。

人的心靈錯綜複雜；有人天生敏感，有人大大咧咧。

總有人喜歡說，想開點，你就是想太多，但其實，真的不是這樣的。

很多時候，花開得正好，有的人偏偏就想到了花終將謝落。

我也不知道怎麼辦。縫合完，她堅持不等身心科醫師來會談。拿著小提包，趁醫護人員不注意，瀟灑離去。

我有預感還會見到她。

我希望還有機會見到她。

希望在這場浩劫裡，我們都好好的活下去。

你有要跟他說說話嗎？

這天，來的是個有點喘，胖胖的老先生。

EMT弟兄推輪椅送他，說倒在路邊，被報案送來。

老先生說，他喘。

我低頭，看到他赤著腳，腳上都是磨破的口子，還起了厚厚的繭。

問他住哪裡？說就在橋過去。家裡都有誰？兩個室友。

我頓時明白了他的人生故事。他大概就是辛苦一輩子，「做工的人」。他所說的「橋過去、有兩個室友」，我大概就能猜到那是為了安置弱勢、政府設的、冬冷夏熱的鐵皮屋，勉強讓他們有個安身之處。

他有點噸位，而且全身沒剩什麼力氣了。我用盡全力把他抱到床上，替他安上氧氣鼻管，氣喘吁吁地說：「老先生，你找家人來，好不好？」

他說好。拿出手機，一直按跟他名字很相似的通訊錄號碼，一直撥一直撥，都沒有回應。

「阿伯，你這麼喘，等一下要插管，願不願意？」

他一點都沒考慮，直接回答：「不願意。」

「阿伯，你知道插管是什麼嗎？是要急救。你不插管，可能等一下就走了喔！」

「走了，就走了。」阿伯說。

我沒敢再跟他說話，因為他沒力氣了；連這麼簡單的話，都說得斷斷續續。

他全身上下就幾塊錢，一張健保卡，一張轉診單，一支手機。死死的攢著。

我將他所有的家當塞入他的西裝褲口袋，將褲袋拉鏈封起來，抓著他的手去摸，讓他感覺得到卡片與手機的形狀。

「阿伯！我怕你東西掉，現在都在這邊喔！好不好？」

他握了握我的手，安心地點了點頭。

「我再幫你找家屬，你休息一下，好不好？」

他已經沒力氣回答我了。頭歪向一邊，似睡非睡地闔上眼睛。

過了幾個小時，報告出來了。

不出所料，是新冠肺炎，而且又是肺臟白成了雪花的那種。

每次閉上眼睛，我都覺得這些X光在嘲笑我。

這群阿伯，象徵著臺北一群無聲無息、容易被遺忘的人口。他們生活的地方擁擠狹小，衛教資訊難以傳遞，更不知道有沒有錢可以替換口罩。首先被新冠肺炎帶走的，一大半就是這批辛苦半生，臨到頭來還不能享清福的苦命人。

我嘆了口氣，準備去跟阿伯解釋，卻意外地看到，家屬居然來了。而且這個家屬衣著嶄新，鬢角修飾得十分乾淨，上衣的標誌顯示著Ralph Lauren。

「現在情況怎樣？」

「情況不好。您是他的……」

「算弟弟吧，不同媽。」他說。

「他有別的家人嗎？」

「沒有。我有結婚啊，他沒有，他自己住。住哪我不曉得。不過我住內湖瑞光路那一段啦！」

他的語氣帶著驕傲，給的資訊卻幾乎沒一條是我需要的。

金邊眼鏡後面的眼睛充滿優越感，仿佛寫著：我與哥哥可不是同路人。

「嗯，他是新冠肺炎。就是最近電視上很紅的那個。他接下來情況可能不是很樂觀，我們有談過了，他說碰到緊急狀況，不要急救，按照規定，我們還是得與家屬講明白情形……」

話還沒說完，他粗魯地打斷：「聽他自己的意思吧。新冠肺炎傳染率是不是很高？」

「非常高。」

「那妳還有需要我做什麼事情嗎？」

我發誓，我已經看到他擦得亮黑的皮鞋，在往門口移動了。

我的聲音也變得稍微森冷。

「你有要跟他說說話嗎？」

「剛剛說過了。」

「那沒事了。」我轉身掀開簾子，看到阿伯仍在半睡半醒的狀況，呼吸並不費力，但血氣是真的在往下掉。

我嘆了口氣。讓阿伯這樣靜靜地睡去，也好。

不過，我還是真心擔心他那兩個室友。

不知道疫調人員，來不來得及找到他們呢？

無名的女孩

在此時，果斷踏上一線上的戰士各有各的個性。有的人溫柔如母親，有的人悲憫如天使；有的人果決如將帥，有的人暴躁如火山，但他們有一個共通點：那就是，責任感特別強，極端討厭造成其他人的麻煩。

老天不賞臉，這個五月天是破紀錄的愈來愈熱。保護裝備穿得愈好，愈有中暑的危險。

陸續幾天，都傳來了護理師同仁中暑的消息。

媒體傳播出來的畫面裡，嬌小的女孩虛弱的躺在地上，全身衣服沒一處是乾的，只能拿手套盒子權充枕頭用；同事拿著資料夾，聊勝於無地幫她搧風散熱。這待遇，真的連中暑被送來的普通病人都不如。

媒體進一步想要關心她，你知道她回了什麼嗎？

「我覺得丟臉，我不想多談。」

對不起，這位無名的女孩，我還是想要把妳記錄下來。妳象徵的，是千千萬萬、奮不顧身遵守誓言的偉大靈魂。

然後又傳出了，某間醫院專責病房的護理師，雖然嚴格按照規定做事，卻仍運氣不佳，被新冠肺炎偷襲得逞。

當驗出陽性的那一剎那，她不是害怕，而是大哭，對著採檢的同袍說，對不起，造成困擾了！對不起！

好傻的姑娘。我知道，妳可能想忘記這段可怕的過去。

但是我希望妳能知道，得知這件事情的所有人，都好想從遠方，給妳一個擁抱，給妳一點抗體，讓這場噩夢快點過去。

暴雨來襲

可能是上天聽到我對炎熱天氣的抱怨，老天爺一想：要求這麼多啊？我這就滿足妳的心願。

於是，過幾天，居然起大風了。

風吹得折疊式的棚頂蓋咻咻作響，幾乎要翻了過去。看似脆弱的鋼製結構隨時都有散架的可能，嚇得我遠遠避開。

大風只是警訊，緊接著，暴雨來襲。

一看，原來是端午將近啊，這不是白娘子失戀了，在水漫金山嗎？

我只不過去外面兜了一圈，整雙鞋就濕得不能再穿了，套上腳套時還因為濕漉漉地差點滑倒。寬闊的廣場上，積水能有好幾公分高，再加上大風吹揚起來，使得你才剛踏出大門，迎面就被潑上一盆冷水，而號稱有先見之明搭建的棚廊根本遮不了什麼雨，你所能選擇的是先濕左半邊還是右半邊，反正另外半邊在你走回來的時候也會跟著泡湯。

等到涉水而過，來到診療室，你才發現更糟的還在後面。

古人聽雨那是風情萬種，吟詞一首：「少年聽雨歌樓上，紅燭昏羅帳。」一句就能說明雕樑畫棟裡，美人在懷，一邊聽雨一邊賞燭。喜帳一放，雨聲說不定還能遮掩什麼令人害羞的旖旎呻吟。

我可沒有這個雅興。我來聽雨，那是愈聽愈暴躁，滿腔怒氣無處發洩，看誰都是苦大仇深。

首先，採檢室特麼的給淹了一半。沒採檢室，武功就自廢了一半。

其次，雨聲實在太大，你什麼話都聽不清楚，就連大聲公與麥克風也效果有限。就連在室內，你正嘗試與病人交談，雨滴砸在鐵皮屋上的聲音也嚴重干擾了你們的對話品質，病人因此愈靠愈近，渾然沒想到要維持社交距離。

第三，外頭可沒給你備傘，傘一開這噴濺出去的染污範圍可不得了。你的病人四散各處，過一陣子你得去巡邏一次，看看大家生命徵象穩不穩定？有沒有什麼抱怨？這一巡邏回來，你濕得像是落湯雞，還不能換衣服，浪費資源，又怕染污。

第四，你的面罩與護目鏡永遠在起霧。不管是病人資料、病人面孔還是報告，全都給你帶上一種朦朧的美感。

「歡迎光臨水上樂園。」護理師苦中作樂的說。

我在心底發出無聲的怒吼：「我們的掛號費、篩檢費、醫事費加上藥費，還沒有水上樂園的門票貴啦！」

我受不了啦！我受不了啦！

在急診三年，我始終有件事情不是很明白。

那就是，很多不知道要怎麼處理的人，大家都很喜歡往急診送。

舉例來說，以公園為家的遊民，明明睡得好好的，路過的慢跑者於心不忍，叫了救護車，往急診送。

或者是，夫妻吵架吵到大路上，警察無法調停，表示雙方情緒過於激動，應該進行下一步評估，往急診送。

還有病人喝完酒後襲警，打房東，在馬路上醉得脫衣服脫到只剩內褲。這妥妥的襲警罪加上違反善良風俗吧，沒送警局，反而往急診來了。

基於常常有善良的警察叔叔給我撤銷超速或違規轉向的罰單，我對警察這個職業並沒有不滿，還特別的崇敬。

於是，平常我還能平心靜氣地處理這些事情。反正你送來我就看嘛，這就叫急診精神。

但是戰時不同。對疫情的擔心已經消磨掉我大部分的耐心，所以此時節看到這些病人，我可就有點受不了了。尤其他們把有襲警前科並且有攻擊性的病人往我門口一放，連手銬都沒留給我們，也沒告訴我處理完要找誰報案，這就有點沒道義了吧。

於是，後果就是這名身穿內衣的男子先是到處亂跑、滿口髒話，後是掄起拳頭作勢要打人。

更可怕的，是他拒絕戴口罩。

最後，我終於受不了，將他五花大綁，約束在戶外的大床上，給他臉上貼了個口罩。

過了一會兒，他還是堅決不服輸，用舌頭把口罩頂開一條空隙，開始大吼大叫。我側耳細聽，估計是「我受不了啦！我受不了啦！」

這一次，我倒是挺感謝雨聲淹沒了他大部分的抱怨。

我在心底陪著他嚷嚷：「醫師也受不了啦！」

沒有盡頭的試煉

傾盆的雨聲遮蓋了世界一切的旋律，卻有一種聲音能夠穿透一切，讓人心頭發緊。

那是救護車破空而來的嗚笛聲。

都是遠道而來的救護車，沒見過的分隊弟兄們。

可見，從遙遠的大本營來到我們醫院的路上，所有的醫院都已滿載，沒有容身之處，足見戰況多麼慘烈。

當我對著大雨發悶氣時，剛好換我去休息。才癱在椅子上沒多久，接我班的厭世系學弟打電話來稟告：「學姊，我們外面沒有氧氣了！再送來病人要吸氧的，我就沒辦法了！怎麼辦？怎麼辦？」

「怎麼辦？看著辦啊。」我給出了玄學的答案，同時知道學弟已經到極限，但我真的已經全身一點精力都沒有了。我沒辦法思考，沒辦法動作，沒辦法控制情緒。

那是一種從全身肌肉到靈魂都被榨乾的疼痛。

過了幾分鐘，學弟找到了解決方法：推一臺運送病人使用的小氧氣瓶出去。

那瓶小氧氣能撐多久？我掐指一算，情況不妙。

緊接著，學弟在外面廣播：「外檢傷EKG！[14]」

---

14 EKG：檢傷護理師判斷病人有急性心肌梗塞的風險，便廣播負責人在病人看診前先做緊急心電圖。在臺灣，一般規定掛號後十分鐘內完成並上傳。

茲事體大。這是立刻就能出人命的事情。

就算已經被榨乾了，我的皮囊還是從哪裡撈出了力氣，顫巍巍地爬起來。推著心電圖機，一開門，大風大雨還是差點把我嚇了回去，但我清清楚楚地看到了，一向脾氣平和的學弟，累得一拳搥在了門上，口裡罵了句什麼。其用力之大，讓門反彈了回去，發出了穿透雨幕，直接傳到我耳裡的「磅」一聲。

他累了。我們都累了。

我仰望著天空，讓大雨打落在我的面罩上。

請讓這場雨停吧。

請讓，這場沒有盡頭的試煉，停下來吧。

誰都有可能是病毒的下一個受害者

既是戰爭，必有犧牲。

誰都有可能是病毒的下一個受害者。

有可能是問病史時被欺騙導致防護不夠；有可能是口罩的邊邊角角沒有拉好；有可能是清潔大哥噴霧消毒時，就恰巧漏掉了一個角落。

國難之下，敢堅守崗位，就表示有戰損的準備。

只是大概誰也沒想到，最深的傷口，竟然來自悉心照顧的病人。

雙和醫院護理師被傷害的事件占據了頭條，形容這一惡舉唯一的詞，只有「凶殘」二字。

我的同窗目擊了現場，詳細記錄了過程。我不忍複述，也沒資格在這邊用華麗的言詞，包裝這些護理師受到的傷害。但動刀之人，無論是在法律與心理上，都是絕絕對對的，「殺意堅決」。

揮刀、砍殺、看到鮮血、聽到慘叫、拔出刀，然後，他重複做了好幾遍。

這在法律與人心的角度上，絕對都是想惡意殺人的。而他攻擊的對象，是冒著生命危險在救他的人。

孟子說：「人之所以異於禽獸者，幾希。」

差別不過在仁義二字。

見人受傷而志得意滿，是為不仁。

受人照顧而毫無感恩，是為不義。
不仁不義者，何能恕之？

他身上有刀！

其實，這樣的暴力絕非個案，只是這次新聞特別血腥，事件又發生在緊繃的醫護人力缺乏之時，才讓人注意到了醫療暴力如此嚴重的一面。

去年，任職榮總的學長被病人攻擊，點滴架都把窗戶擊破了，兩天三次大鬧醫院。後續呢？

無人問津。

不然就是：疫情期間，壓力緊張，精神崩潰，其情可憫。無罪。

單是我親眼目睹、親耳聽聞過的帶刀就醫，就不只一件。

這不禁讓人好奇：這群人腦袋裡是在想什麼？

難道他們還活在帝國時代，帶著「醫不好我，就把這醫師推出去處斬」的想法？

去年疫情比較緊張的時刻，一個發燒、喘、說不清旅遊接觸史的病人，被推入隔離室。根據規定，接觸隔離室中病人的醫護人員當然是愈少愈好。於是看完病人，我便離開隔離室，獨留一位瘦高清秀的護理師小喵，幫病人加藥、調氧氣、做監測。

然後，我聽到她透過隔離室的麥克風，清楚地說。

「他身上有刀！」

我還以為自己聽錯了，趕到隔離前室、隔著窗戶一看，果然，病人剛剛還虛弱到無法配合指令舉起的右手，彈出了一把銳利的彈簧刀。

「妳別進來！」小喵隔著窗戶對我喊，「找警衛！」

但隔離室不是隨便可以進出的地方。那時風聲鶴唳，進門至少就要穿雙層隔離衣。第一、警衛剛好不在崗位上，第二、隔離衣穿著需要時間。一時情況劍拔弩張，急得我狂亂廣播呼叫警衛，冷汗涔涔。

最後還是小喵自己解決。她退後一步拉開距離，嬌叱：「你要幹嘛？放下！」不知道是混亂中聽到了女性的聲音所以恢復了些許理智，還是缺氧讓他終於支撐不住，他虛弱地垂下手。

接著，我看到小喵使出一招極其快速的雙龍奪珠，在他垂手的那一瞬間，夾著刀柄將利器丟到一旁。

其手法之俐落，讓我以為自己在看綜合格鬥。

除了這件事之外，阿公開著電動代步車遭人勸阻就拿拐杖四處揍人；大哥坐下看診還沒說話就一把刀插在桌上；不知哪來的陌生人衝進來一套雙截棍法敲得根本不認識他的醫師一臉莫名其妙；麻醉剛退的大哥因為手術傷疤疼痛而揮拳相向——這些都絕對不是都市傳說。因此，如何保護自己免於暴力傷害，竟然成了考入急診後的必修課之一。

我曾經上過一個退休上校的課。

他說，面對帶刀的敵人，可以先去找滅火器。不是叫你掄起三公斤重的滅火器當武器，而是用壓力噴霧至少可以爭取到幾秒鐘逃跑或是反擊的時間。當然，教官推薦前者。

另外，拿長的武器，包括點滴架、皮帶、雨傘，都能在對方攻擊範圍之外予以障眼法或反擊。

上述這些聽起來讓人熱血沸騰，但實務上我都不敢用。

上次有個壯漢在我診間門口大喊著要帶被他家暴的女人走，我果斷選擇退後一步，關門報警。

警察來得倒是很快，而且顯然也挺常接到本院急診的求救電話。員警兩人小組一步邁開，開口也十分專業，問：「有涉及醫療法的部分嗎？」

我一臉窩囊，就差沒有抱警察叔叔的大腿了：「我，我……醫療法第二十四條，他威脅逼迫，我心生恐懼，嗚嗚。」

感謝警察叔叔迅速支援並且浩然正氣，也感謝對手體格強壯卻比我更懦弱。一聽到我說得像模像樣，很快就罵罵咧咧地被警察給驅逐了。

這是我年少莽撞的運氣。

但是下一次碰到，能不能這麼順利脫身？

我不知道。

身在其中的人，身在其外的人

這些血、汗、淚，除了身在其中的人，有時很難體會。

醫護人員如果下班發發牢騷，在社交媒體上寫了今天的遭遇，偶爾還會被民眾投訴侵犯隱私。

疫情期間，有一天上班時，大家忽然看到遠方不知道哪一個單位來的高官突擊巡查。平民如我，當然是該幹啥就幹啥，看診室門一關就繼續跟病人聊天。

我有時會想像這群官員，或是一般民眾眼中，疫情下的急診的模樣。

好像不是這麼多病人。

好像每頂帳棚下都沒有什麼人在等待。

好像很清閒，醫師都在電腦前面啪啪啪地敲著鍵盤。

只有兩三臺監視器，兩三個人在用氧氣。

但每臺監視器，都有下一秒，忽然發出尖叫的可能。

每個使用氧氣的人，都有可能忽然缺氧昏厥，連一點警告都沒有。

每個帳棚底下，等待的每一個人，都要窮盡醫護每一分心力。今天他的病史、症狀，可能是什麼疾病？我要如何在健保允許的範圍內，最快且最適當的開出檢查檢驗，得出我想要的答案？我該給他什麼治療才能有最小副作用並且發揮最大價值？讓他回家前要教育什麼，抑或該讓他住院留觀？

而隔離區，更是要放在看不到的地方，以免引起恐慌。

一個隔離室裡的一個病人，就要分掉現場一組完整的戰力。就像一群戰士，我們需要裝備最精良的騎兵連與砲兵連，隨時準備插管、打中央靜脈導管、壓胸電擊；一組通信連，上與轉送單位聯絡，外與家屬溝通；一組工兵連，裝設調節呼吸器，拆裝病毒過濾設備；一組鐵道兵連，負責在運送病人去檢查或是住院的時候，保證病人的安全。

對我們來說，防疫如作戰，並不是口號。

同理心

也許，這一切都來自不理解，以及資訊的不對稱。

有一段時間，我接到很多工地互相傳染的病人。健壯黝黑的他們，有人只是喉嚨有點痛，有人發燒咳嗽，一採檢之下，無一例外，都是新冠輕症。

有的工地人天生有點害怕或是敬畏醫生，進來時還帶著憨厚的抱歉對我說，對不起，麻煩你們了，我是真的很擔心。

當時我就在心裡想：擔心有什麼用？

吃便當時，坐分開來一點不行嗎？

工作時，口罩戴緊一點不行嗎？

後來，我才知道自己的無知。

經過工地時，我仔細觀察了那個我並不了解的生態。

炎炎日頭，鋼筋都還沒搭好。

吃飯時，唯一能夠遮蔭的，就這麼一小塊陰影。大家又不太能離開領班的視線，只能盡最大限度的各據山頭。大概也是工作時機器聲一定程度傷害了他們的聽覺，他們大聲地互相交談聊天，在這個小小的休息時段，聽收音機、串家常，享受也許是一整天工作時間唯一的輕鬆時光。

至於口罩？我是不相信六十元一個的防塵N95 8210，老闆會捨得每天換一個給工人使用。

而我，就坐在這群工人搭建出來的高樓大廈裡，安穩靜臥。

「醫師，我老闆叫我也來篩檢，拍謝。」

「噢，辛苦你們了，外面等。」

不是高高在上的同情，也不是對弱勢群體的關懷。

而是曾經老師們掛在口中、被講爛的、我們當時都覺得很像在用高帽子壓著我們的，同理心。

我害怕太多的人性

按照規定，醫師們都會被教育，為了隱私問題，而且很難核對身分，在電話上，最好不要、也不能講解病情。

然而那天，我卻碰到了很多例外中的其中一個。

對方問的不是我守備的區域，理論上我應該可以說「請轉打分機某某號」，然後掛掉電話，但是我卻留在電話線上。

因為那頭的女音，很急、很怕，帶著哭嗓。

「我爸是○○，可以幫我看一下，他現在檢查結果怎樣嗎？」

我遲疑了一下，點開病人的病歷。「他是肺炎，我們正在用類固醇跟抗生素治療，有使用氧氣。」

她的聲音更害怕了。「確診了嗎？是新冠嗎？」

「篩檢結果還沒出來。」我耐心地說。

然後我將備註欄打開，看到了上一班同仁寫的那行字：同一時間，她說：「我媽媽是新冠，她剛在你們醫院走掉……爸爸會不會也是？」

我看著滿目瘡痍的X光，吞了口口水，答道：「檢驗還沒出來，我們都不能確定。」

「我從臺中趕上來……他醒著嗎？爸爸醒著嗎？」

我只好吐實：「我不在他身邊，我不清楚，根據紀錄，昨天是醒著的。不過我要說實話，情況可能不好。你們家屬能盡快來嗎？」

「盡快！我盡快……」哭聲未歇，但說著說著，電話忽然斷線了。

過了半小時左右吧，電話又響了，這次是護理師接的。她大聲說：「妳是誰？○○○的家屬？」然後問診間所有人，「你們有人找○○的家屬嗎？」

我沒做好心理準備吭聲之前，當天的儒俠老闆已經伸出了手，義不容辭地就接起了電話。

他的語氣比我更溫和，講解得比我更詳細。後來那個家族陸陸續續又來了三、四通電話吧，老闆都不厭其煩地一一說明，並且給出相同的結論：請你們做好防護，盡快來吧。

那天，輪到我去熱區時，這個病人剛好要上去住院，但是兒女依然還沒趕到。病人神智清醒，看起來表情木然，好像這世間無論什麼，都不再值得他大悲大喜。

我不忍再看。

忽然想起也是前幾天，在其他醫學中心重症科的好友，也看到了這樣悲傷的一幕。

丈夫病逝，孩子發燒住院。

按照病房規定，她不能進去送別丈夫。而且，其實她人進不進去送別也沒差了，因為早在丈夫走以前，他早就在缺氧中慢慢睡去，與外界斷去了感知。

於是，她只能坐在走廊上，孤單地流著眼淚，不知何去何從。

寫到這裡，我想，我也實在是冷酷。

這段時間裡，每天幾乎都能篩出新冠陽性，有輕症有重症，有直接死亡有拚命急救，有男有女，有老有少。在被病毒淹沒的、連續上班的日子裡，大部分的病人我都幾乎想不起誰是誰、後來到了哪兒去、最後平安出院了沒？

我多麼害怕，在我被壓力逼得苟延殘喘的日子裡，這些生命在我眼裡都只成了病例。

但同時我又害怕，太多的人性會讓我無法理智的為病人做出最好的決定。

無論如何，我很希望那位病人後來健康出院。

因為他還至少有三個孩子，不想辦兩場葬禮。

有口難辯的結局

在疫情期間，我每天都能發現病人與命運的難測。

有個奶奶心肌梗塞非常嚴重。照理說，若是國泰民安的日子，早該衝導管室打通冠狀動脈並到加護病房休養去了，但為了新冠肺炎的檢驗與挪出安全乾淨的病床，她硬是被留在急診幾個小時，身旁連接著電擊器與心率監視器。波形像是墳墓的形狀，她的心跳每分鐘更是只有三十幾下，時不時還會漏跳一拍。

她每漏一拍，我的心也跟著漏一拍，當下的感覺是自己都快要替奶奶上天堂了。

沒想到，在心臟內科巨擘的指揮下，抗凝血劑有什麼來什麼，居然真的被奶奶撐過去了。

在我的想像中，她應該又可以快樂地去公園做健康操了吧。

另外有個爺爺，黑便很多天，因為疫情的關係不敢來醫院，後來吐血被孩子看到，才趕緊送來。

他來的時候血壓非常低，資深護理師一抽血就對我說，這血太稀了，肯定有問題。

後來檢驗結果出來，血色素五點五（正常值為十二至十八）。

一樣，因為做胃鏡前需要核酸檢測報告，輸血前需要確定不是高傳染性檢體才能打開試管的蓋子驗血型，我欲哭無淚，清點手裡的武器，是真的有限。

沒想到給了些點滴、打了胃藥，緊急給了宇宙通用的O型血一小包，爺爺還真的撐到了做完胃鏡止血，後來也平安出院。

在我的想像中，他也快樂地在天天打太極拳了。

還有，明明主訴是常常偏頭痛，今天又一模一樣痛起來的女人，來的時候生命體徵良好，打完止痛藥，覺得好多了就想回家。忽然我抬頭，隔著玻璃看到她回答丈夫話時有點遲鈍，福至心靈地忽然叫住她，做了個電腦斷層，發現腦出血。她後來在加護病房住了好幾天。

這不知道是我的運氣好，還是她的福報。

雖然有上述難以解釋的醫病雙方的好運事例，但總有幾個時刻，會有出乎意料的悲劇。

年輕人得新冠肺炎的死亡率應該不高，卻仍有青壯年人口倒在了這波病毒之前。有的人能找到猝死的原因，例如抽菸、肥胖、先天心臟病，但有人的遭遇，就真的只是命運開的一場殘酷玩笑。

三十幾歲的司機，沒什麼不良嗜好，突然前胸痛後背，撞上了橋墩，送來時一切斷層——是主動脈剝離，還沒來得及下檢查臺，就藥石罔效。

昨天在床上看書到一半的青少女頭劇痛、嘔吐，服藥後睡下，第二天就發現叫不醒——是蜘蛛膜下腔腦內出血。母親在診間外面，哭得心膽俱裂。

我常常想到，小時候讀梁實秋的《槐園夢憶》，讀到他喪妻後，悲痛難平的那一段。

他說，人世間常沒有公道，沒有報應，只有命運，盲目的命運。

我問天。天不語。

直到這幾年，我才在風風火火、朦朦朧朧中，理解了有口難辯的結局。

一線的戰士們

在疫情裡，我也每天都能發現自己以及同伴的極限。

譬如：頂著高溫在鐵皮屋下縫傷口。縫完後退一步，覺得成果美得像是畢卡索的畫作。

譬如：在半密閉的鐵皮屋圍簾旁使出金手指，在鳥語花香中幫病人除去肛門口糞便。

譬如：暴走系學弟勸過於緊張的病人回家休息比較實在，其三寸不爛之舌完全可以列入教學範本。

譬如：厭世系學弟能夠一次對抗四臺救護車，而且還是在狂風暴雨能見度幾乎為零的黑夜裡。

譬如：腹黑系學弟居然也會大暴怒，並且把來鬧事的病人堅定地攆出鐵皮屋。

譬如：浪漫卻一閃一暗的戶外燈光下，帥氣的護理師竟然能幫九個月大的孩子抽血打點滴。

譬如：我也才放三天假，來上班就發現憑空出現的微負壓病房與滿牆的安全設備。

夏日天亮得特別快，夕陽西沉得格外慢。

我坐在鐵皮屋裡，等著日光暗去，路燈亮起。

等著前後輩來拍拍背說，換班啦。

等著弟兄停下救護車說，醫師，麻煩你了。

等著護理師將新掛號病人的貼紙交給你，順便提示幾句劇情。

我們這群人一起走著，走著，走在一條暗無天日並且看不到盡頭的戰壕裡，彼此扶持著希望能走出陰影。

今天病例數字低了，卻往南偏了。明天校正回歸到高峰。社論批評著臺灣的死亡率特別高，醫師是否有所疏失。

然而一線的戰士們早已學會不跟著數字與語言起舞，只是為下一場戰鬥做準備。

不求妙手回春，不祈求奇蹟，確定的是必定要盡人事，拚盡全力。

鴻毛與泰山

各種對人民的限制太久，需要解決的議題過於雜亂，無法放棄的權力相互爭奪、碾壓，難免的，社會上開始人心浮動。

即使是在吃健保大鍋飯的臺灣，醫療權利已經相對平等，我們仍然可以在這種等級的災難之中，看到貧富與社會地位造成的資源失衡。

有的人飛去了國外，豪擲幾十萬只求臺灣一針難求的品牌疫苗。

有的人被列到了不知道第幾類之外，連名字都沒被掛在施打疫苗的榜上。

批評的聲浪，黨派的爭執，群魔亂舞的雜音之中，又有一條生命，悄悄地逝去。

他被喧囂淹沒。

他是第一個倒下的醫師。

然而，那幾天的媒體報導，好像都集中在了造冊也有明冊暗冊、做人也有三六九等。

這不禁讓人感慨。

是因為，這位過世的前輩不是大醫院的醫師？

是因為他的逝去沒有驚心動魄的過程，所以沒有新聞價值？

還是因為沒有哭訴的家屬，只有木訥的接受，所以沒有版面的需求？

一條靈魂，就這樣靜靜地逝去。

這是疫情達成的下一個里程碑：專業人士的犧牲。

全世界因為新冠肺炎死去的醫護人員多達成千上萬，幾乎來不及記載。就像是安靜而沒有煙硝的戰爭，但死傷人數卻默默超過了世界大戰。因為淹沒了太多靈魂，所以幾乎沒有人會為個別戰士獻上鮮花與溫柔謳歌。唯有最親愛的人，會記得你曾經盡一份心力拚搏過；會記得你的音容笑貌，以及你再也沒有機會完成的夢想與志向。

我多麼希望，如果我死去，雖然只是世界的一片鴻毛，也會有人發誓，永誌不忘。

充滿希望的世界盡頭

現在，大家的心願好渺小：與心愛的人去一家好的餐廳吃飯；去電影院看聲光效果十足的動作片；去學校與朋友們打打鬧鬧，享受青春。

這一切好像很近了，卻又這麼遠。

臺灣人是如此堅強。每天明明起床面對的是未知與威脅，卻又為自己打氣：再一下下，快要到了！疫苗來了，開始要施打了！好多國家都在幫我們，又快要回到正常生活啦！

聽到這樣的聲音，我總是露出微笑，卻又同時感到絕望與迷惘。五味雜陳。

於是，乾脆，什麼都不想。

連續上班完的那一夜，我在每週高危人員的規定篩檢中，篩出了陰性。

難得地睡了個好覺。

那天我夢到了，一切還沒發生前，在某個熱帶島嶼的海灘上，海風很大，海浪一波一波，沖刷著、親吻著我的赤足。

有人在等我，我忘了是誰；但是我知道，美好與幸福，在前方等候著我。

於是我堅定又不疾不徐地，往盡頭走去。

途中還彎下腰，捧起一簇海推來的沙。

看著那本不出色的砂礫，在天地的輝映下，彷彿一簇陽光。

然後，又很快地從指尖溜走了。

好美。我打從心底，快樂地笑了起來。

也許我最後，真的能夠走到那個充滿著希望的，世界盡頭。

後記

感謝你讀完這本書。

在完稿與出版之間，有一道不小的時間差。我不知道當你讀完時，臺灣已經變成什麼樣子。我希望，至少大家比「現在」更團結一點。

政策會出錯的機率不低，對公義的維持可能永遠無法戰勝人性的自私，但無意義的口水戰、單純為了宣洩不滿的情緒發言、為了政治利益與曝光率的吹毛求疵，以及敲鑼打鼓按喇叭，除了給久違的安靜的臺北街道製造一堆噪音，幫助實在不大。

另外，你或許會發現，在我的故事裡面，希望好像比絕望少了這麼一點，全世界的幽暗裡好像只有一小盞路燈。但是，我們對於面前的這個敵人，真的每天都有多了解一點，醫師們也都多了一點經驗，都往前進了一小步。

那盞路燈，被大家接手點亮，雖然微弱，但始終不熄。

我以我的行業為榮，我以我的團隊為傲。

也希望我還有與你們見面的機會。

大家珍重，敬祝平安。

P.S. 在這裡無償業配：請搜尋鳳梨師父的臉書「瘋氣道實驗室」。我不知道還有沒有機會舉辦，也不知道師父的體力與經費還能撐多久，但是這堂課在疫情裡救了我好幾次，如還有開課，真的非常推薦參與，或者大家也可以給這位為了買模具、學新技術而傾家盪產的師父斗內。

P.P.S 鳥巢急診還有很多毒蛇啊災難啊快速麻醉的課程，也都很值得參與。歡迎有志之士來四眼天雞養殖場。

最後的最後：謝謝黃淑真主編以及聯經出版團隊給我這個機會，讓我把一個小人物的故事，溫溫柔柔地說出來。

聯經文庫
這裡沒有英雄：急診室醫師的COVID-19一線戰記

2021年7月初版　　定價：新臺幣340元

著　　者	胖　鳥
叢書主編	黃淑真
內文排版	極翔企業
封面設計	兒　日

出版者	聯經出版事業股份有限公司
地址	新北市汐止區大同路一段369號1樓
叢書編輯電話	(02)86925588轉5322
台北聯經書房	台北市新生南路三段94號
電話	(02)23620308
台中分公司	台中市北區崇德路一段198號
暨門市電話	(04)22312023
台中電子信箱	e-mail：linking2@ms42.hinet.net
郵政劃撥帳戶	第0100559-3號
郵撥電話	(02)23620308
印刷者	文聯彩色製版有限公司
總經銷	聯合發行股份有限公司
發行所	新北市新店區寶橋路235巷6弄6號2樓
電話	(02)29178022

副總編輯	陳逸華
總編輯	涂豐恩
總經理	陳芝宇
社長	羅國俊
發行人	林載爵

行政院新聞局出版事業登記證局版臺業字第0130號

本書如有缺頁，破損，倒裝請寄回台北聯經書房更換。　ISBN 978-957-08-5928-7 (平裝)
聯經網址：www.linkingbooks.com.tw
電子信箱：linking@udngroup.com

國家圖書館出版品預行編目資料

這裡沒有英雄：急診室醫師的COVID-19一線戰記/
胖鳥著．初版．新北市．聯經．2021年7月．288面+8面彩色．
14.8×21公分（聯經文庫）
ISBN 978-957-08-5928-7（平裝）

863.55　　110010549